LE BERQUIN

DE L'ENFANCE

2ᵉ SÉRIE GRAND IN-8°.

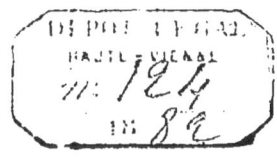

PROPRIÉTÉ DES ÉDITEURS.

LE
BERQUIN

DE L'ENFANCE

CONTES CHOISIS POUR LES ENFANTS

LIMOGES
EUGÈNE ARDANT ET Cie, ÉDITEURS

BERQUIN

DE L'ENFANCE

LE PETIT FRÈRE.

Fanchette s'était un jour levée de grand matin pour aller cueillir des fleurs, et en porter un bouquet à sa mère dans son lit; comme elle se disposait à descendre, son père entra dans sa chambre en souriant, la prit dans ses bras, et lui dit : Bonjour, ma chère Fanchette, viens vite avec moi, je veux te montrer quelque chose qui te fera sûrement plaisir.

— Et quoi donc, mon papa? lui demanda-t-elle avec empressement.

— Dieu t'a fait présent cette nuit d'un petit frère, lui répondit-il.

— Un petit frère? ah! où est-il? Voyons! menez-moi à lui, je vous prie.

Son père ouvrit la porte de la chambre où sa mère était couchée. Il y avait à côté du lit une femme étrangère que Fanchette n'avait pas encore vue dans la maison, et qui enveloppait le nouveau-né dans ses langes.

Ce furent alors mille et mille questions de la part de la petite fille. Son père y répondit de son mieux; et il croyait avoir satisfait à tout, lorsque Fanchette lui dit : Mon papa, qui est cette vieille femme? comme elle ballotte mon petit frère! ne craignez-vous pas qu'elle ne lui fasse du mal?

— Oh! non, sois tranquille. C'est une bonne femme que j'ai envoyé chercher pour avoir soin de lui.

— Mais il appartient à maman. L'a-t-elle déjà vu?

MADAME DE GENSAC, *entr'ouvrant le rideau de son lit.* Oui, Fanchette, je l'ai vu. Et toi, es-tu bien aise de le voir?

— Oh! fort aise, maman. C'est un très-joli petit camarade que vous me donnez. Mon papa, voulez-vous le laisser jouer avec moi?

— Cela n'est pas possible, il ne peut pas se tenir sur ses pieds. Vois-tu comme ils sont faibles?

— Ah! mon Dieu! les petits pieds! je vois que nous ne pourrons pas courir de longtemps ensemble.

— Patience! il faut qu'il apprenne d'abord à marcher; et ensuite vous pourrez gambader tous les deux dans le jardin.

— Est-il vrai? O mon pauvre petit! il faut que je te donne que'que chose pour t'accoutumer à m'aimer. Tiens, j'ai dans ma poche une image, prends-la. Mon papa, qu'est-ce donc? il ne veut pas la prendre; il tient ses petites mains fermées.

— Il ne sait pas encore l'usage qu'il peut en faire. Il faut attendre quelques mois.

— A la bonne heure. Je te donnerai tous mes joujoux.

Eh bien! cela te fait-il plaisir? réponds-moi donc! Il me semble qu'il sourit. Appelle-moi Fanchette, Fanchette. Est-ce que tu ne veux pas parler?

— Il ne parlera que dans deux ans. Mais toi, prends garde d'étourdir ta mère de ton caquet.

— Ah! mon papa! voilà son visage tout bouleversé, il pleure; apparemment qu'il a faim. Doucement, monsieur, je vais vous chercher quelques friandises.

— Ne te mets pas en peine de sa nourriture. Il n'a pas de dents; comment pourrait-il manger?

— Il ne peut pas manger! De quoi vivra-t-il donc? est-ce qu'il va mourir?

Madame de Gensac. Non, ma fille. Dieu a mis du lait dans mon sein pour en nourrir ton petit frère. Il est encore bien faible; mais dans quelque mois, tu verras, il se roulera à terre comme un petit agneau.

— Qu'il me tarde de le voir comme cela! Mais voyez donc, mon papa, la mignonne tête. Je n'ose pas y toucher.

— Tu peux y toucher, mais bien doucement.

— Oh! bien doucement. Mon Dieu, qu'elle est molle! c'est comme du coton.

— La tête de tous les petits enfants est comme celle de ton frère.

— S'il venait à tomber, il se la romprait en mille pièces.

Madame de Gensac. Sûrement. Mais nous aurons bien soin de le tenir, pour qu'il ne tombe pas.

M. de Gensac. Sais-tu bien, Fanchette, qu'il y a cinq ans tu étais aussi petite?

— Moi, j'ai été comme cela? Vous vous moquez, mon papa.

— Non, non; rien de plus vrai.

— Je ne m'en souviens pas, pourtant.

— Je le crois. Te souviens-tu du temps où j'ai fait tapisser cette chambre?

— Elle a toujours été comme elle est.

— Point du tout; je l'ai fait tapisser dans un temps où tu étais aussi petite que ton frère.

— Eh bien! je ne m'en suis pas aperçue.

— Les petits enfants ne voient rien de ce qui se passe autour d'eux. Lorsque ton frère sera à ton âge, demande-lui s'il se souvient que tu aies voulu lui apprendre aujourd'hui à prononcer ton nom? Tu verras s'il se le rappelle.

— J'ai donc pris du lait de maman?

— Sans doute. Si tu savais toutes les peines qu'elle s'est données pour toi! tu étais si faible que tu ne pouvais rien prendre; nous craignions à tout moment de te voir mourir. Ta mère disait : Ma pauvre enfant, si elle allait tomber en faiblesse! Et elle a eu une peine infinie à te faire sucer quelques gouttes de lait.

— Ah! ma chère maman, c'est donc vous qui m'avez appris à me nourrir?

— Oui, ma fille. Après que ta mère eut réussi à te faire prendre de toi-même la première nourriture, tu devins grasse et réjouie. Pendant près de deux ans, ce furent tous les jours et à toutes les heures du jour les mêmes soins. Quelquefois, lorsque ta mère s'était endormie de fatigue, tu troublais son sommeil par tes cris. Il fallait qu'elle se levât pour courir à ton berceau et te présenter son sein.

— J'ai donc eu la tête aussi faible que celle de mon frère ?

— Aussi faible, ma fille.

— Moi qui l'ai si dure à présent ! Mon Dieu, j'aurais dû me la casser mille fois.

— Nous avons eu pour toi tant d'attentions ! Ta mère a renoncé pour un temps à tous les plaisirs; elle a négligé toutes ses sociétés, pour ne pas te perdre un seul instant de vue. Lorsqu'elle était obligée de sortir pour des devoirs et des affaires indispensables, elle était toujours dans les transes. Ma chère Gothon, disait-elle à ta gouvernante, je vous recommande Fanchette comme votre propre enfant. Et elle lui faisait continuellement des cadeaux pour l'engager à te soigner avec plus de vigilance.

— Ah ! ma bonne maman ! Mais, mon papa, est-ce qu'il y a eu un temps où je ne savais pas courir ? je cours si bien à présent ! Voyez, en trois pas je suis au bout de la chambre. Qui est-ce donc qui me l'a appris ?

— Ta mère et moi, nous t'avions mis autour de la tête un bandeau de velours bien rembourré, afin que, si tu venais à tomber, tu ne te fisses pas de mal; nous te tenions par des lisières pour aider tes premiers pas; nous allions tous les jours dans le jardin sur la pièce de gazon, et là, nous plaçant vis-à-vis l'un de l'autre, à une petite distance, nous te posions toute seule debout au milieu, et nous te tendions les bras, pour t'inviter à venir tantôt à l'un tantôt à l'autre. Le plus léger faux pas que tu faisais nous tournait le sang. C'est à force de répéter ces exercices que nous t'avons appris à marcher.

— Je n'aurais jamais cru vous avoir donné tant dè peines. Est-ce vous aussi qui m'avez enseigné à parler?

— C'est nous encore. Je te prenais sur mes genoux, et je répétais les mots de papa et de maman, jusqu'à ce que tu fusses en état de me les bégayer. Tous les mots que tu sais aujourd'hui, c'est nous qui te les avons appris de la même manière; tu dois te souvenir que c'est nous aussi qui t'avons montré à lire.

— Oh! je me le rappelle à merveille. Vous me faisiez mettre à table entre vous deux. On nous apportait au dessert une assiette pleine de raisins secs, et de petits carrés où il y avait des lettres moulées. Lorsque j'avais bien réussi à les nommer, vous me donniez quelques grains de raisin.

— Si nous n'avions pas pris tous ces soins de toi, si nous t'avions abandonnée à toi-même, que serais-tu devenue?

— Il y a bien longtemps que je serais morte. Oh! le bon papa, la bonne maman que vous êtes!

— Et cependant tu donnes quelquefois du chagrin à ton papa, tu es désobéissante envers ta maman!

— Je ne le serai plus de ma vie; je ne savais pas tout ce que vous aviez fait pour moi.

— Remarque bien les soins que nous allons avoir pour ton frère, et dis en toi-même : Et moi aussi, j'ai donné autant de peine à mes parents.

Cet entretien fit une vive impression sur Fanchette; et lorsqu'elle voyait toute la tendresse que sa mère montrait à son petit frère, toutes les inquiétudes qui l'agitaient sur sa santé, toute la patience qu'il lui fallait pour lui faire prendre sa nourriture, combien elle é'ait affligée lorsqu'elle entendait ses cris, avec quel empressement son père la soulageait d'une partie des soins, comme l'un et l'autre se fatiguaient pour apprendre à l'enfant à marcher et à parler, elle se disait dans son cœur : Mes chers parents ont pris les mêmes peines pour moi. Ces réflexions lui inspirèrent tant de tendresse et de reconnaissance pour eux, qu'elle observa fidèlement la promesse qu'elle leur avait faite de ne leur causer jamais volontairement aucun chagrin.

LES QUATRE SAISONS.

— Ah! si l'hiver pouvait durer toujours! disait le petit Fleuri au retour d'une course de traîneaux, en s'amusant dans le jardin à former des hommes de neige. M. Gombault, son père, l'entendit, et lui dit : Mon fils, tu me ferais plaisir d'écrire ce souhait sur mes tablettes. Fleuri l'écrivit d'une main tremblante de froid.

L'hiver s'écoula, et le printemps survint.

Fleuri se promenait avec son père le long d'une plate-bande où fleurissaient des jacinthes, des auricules et des narcisses. Il était transporté de joie en respirant leur parfum et en admirant leur fraîcheur et leur éclat.

— Ce sont les productions du printemps, lui dit M. Gombault : elles sont brillantes, mais d'une bien courte durée.

— Ah! répondit Fleuri, si c'était toujours le printemps!

— Voudrais-tu bien écrire ce souhait sur mes tablettes?
Fleuri l'écrivit en tressaillant de joie.

Le printemps fut bientôt remplacé par l'été.

Fleuri, dans un beau jour, alla se promener, avec ses
parents et quelques compagnons de son âge, dans un village
voisin. Ils trouvaient sur la route tantôt des blés verdoyants
qu'un vent léger faisait rouler en ondes comme une mer
doucement agitée, tantôt des prairies émaillées de mille
fleurs. Ils voyaient de tous côtés bondir de jeunes agneaux,
et des poulains pleins de feu faire mille gambades autour
de leurs mères. Ils mangèrent des cerises, des fraises et
d'autres fruits de la saison, et ils passèrent la journée entière à s'ébattre dans les champs.

— N'est-il pas vrai, Fleuri, lui dit M. Gombault en s'en
retournant à la ville, que l'été a aussi ses plaisirs?

— Oh! répondit-il, je voudrais qu'il durât toute l'année!
Et, à la prière de son père, il écrivit encore ce souhait sur
ses tablettes.

Enfin l'automne arriva.

Toute la famille alla passer un jour en vendanges : il ne
faisait pas tout à fait si chaud que dans l'été; l'air était
doux et le ciel serein; les ceps de vigne étaient chargés de
grappes noires, ou d'un jaune d'or; les melons rebondis,
étalés sur des couches, répandaient une odeur délicieuse;
les branches des arbres courbaient sous le poids des plus
beaux fruits. Ce fut un jour de régal pour Fleuri, qui
n'aimait rien tant que les raisins, les melons et les figues.
Il avait encore le plaisir de les cueillir lui-même.

— Ce beau temps, lui dit son père, va bientôt passer :

l'hiver s'achemine à grands pas vers nous pour rappeler l'automne.

— Ah! répondit Fleuri, je voudrais bien qu'il restât en chemin, et que l'automne ne nous quittât jamais.

— En serais-tu bien content, Fleuri?

— Oh! très-content, mon papa, je vous en réponds.

— Mais, repartit son père en tirant ses tablettes de sa poche, regarde un peu ce qui est écrit ici. Lis tout haut.

FLEURI *lit :* « Ah! si l'hiver pouvait durer toujours! »

M. GOMBAULT. Voyons à présent quelques feuillets plus loin.

FLEURI *lit :* « Si c'était toujours le printemps! »

M. GOMBAULT. Et sur ce feuillet-ci, que trouvons-nous?

FLEURI *lit :* « Je voudrais que l'été durât toute l'année!

M. GOMBAULT. Reconnais-tu la main qui a écrit tout cela?

— C'est la mienne.

— Et que viens-tu de souhaiter à l'instant même

FLEURI. « Que l'hiver s'arrêtât en chemin, et que l'automne ne nous quittât jamais.

M. GOMBAULT. Voilà qui est assez singulier. Dans l'hiver, tu souhaitais que ce fût toujours l'hiver; dans le printemps, que ce fût toujours le printemps; dans l'été, que ce fût toujours l'été; et tu souhaites aujourd'hui, dans l'automne, que ce soit toujours l'automne. Songes-tu bien à ce qui résulte de cela?

— Que toutes les saisons de l'année sont bonnes.

— Oui, mon fils, elles sont toutes fécondes en richesses

et en plaisirs; et Dieu s'entend bien mieux que nous, esprits limités que nous sommes, à gouverner la nature.

S'il n'avait tenu qu'à toi, l'hiver dernier, nous n'aurions plus eu ni printemps, ni été, ni automne. Tu aurais couvert la terre d'une neige éternelle, et tu n'aurais jamais eu d'autres plaisirs que de courir sur des traîneaux et de faire des hommes de neige. De combien d'autres jouissances n'aurais-tu pas été privé par cet arrangement !

Nous sommes heureux de ce qu'il n'est point en notre pouvoir de régler le cours de la nature. Tout serait perdu pour notre bonheur si nos vœux téméraires étaient exaucés.

LA NEIGE.

Après plusieurs annonces trompeuses de son retour, le printemps était enfin arrivé. Il soufflait un vent doux qui réchauffait les airs. On voyait la neige se fondre, les gazons reverdir, et les fleurs percer la terre : on n'entendait que le chant des oiseaux. La petite Louise était déjà allée à la campagne avec son père. Elle avait entendu les premières chansons des pinsons et des merles, et elle avait cueilli les premières violettes. Mais le temps changea encore une fois. Il s'éleva tout à coup un vent du nord violent, qui sifflait dans la forêt, et couvrait les chemins de neige. La petite Louise entra toute tremblottante dans son lit, en remerciant Dieu de lui avoir donné un gîte si doux, à l'abri des injures de l'air.

Le lendemain matin, lorsqu'elle se leva, ah! tout, tout était blanchi. Il était tombé pendant la nuit une si grande quantité de neige, que les passants en avaient jusqu'aux genoux. Louise en fut attristée. Les petits oiseaux le paraissaient bien davantage. Comme toute la terre était couverte à une grande épaisseur, ils ne pouvaient trouver aucun grain, aucun vermisseau pour apaiser leur faim.

Tous les habitants emplumés des forêts se réfugiaient dans les villes et dans les villages, pour chercher des secours auprès des hommes. Des troupes nombreuses de moineaux, de linottes, de pinsons et d'alouettes s'abattaient dans les chemins et dans les cours des maisons, et furetaient des pattes et du bec dans les amas de débris, afin d'y trouver quelque nourriture.

Il vint près d'une cinquantaine de ces hôtes dans la cour de la maison de Louise. Louise les vit, et elle entra toute affligée dans la chambre de son père. Qu'as-tu donc, ma fille? lui dit-il. Ah! mon papa, lui répondit-elle, ils sont tous là dans la cour, ces pauvres oiseaux qui chantaient si joyeusement il n'y a que deux jours. Il semblent transis de froid, et ils demandent de quoi manger. Voulez-vous me permettre de leur donner un peu de grain?

— Bien volontiers, lui dit son père. Louise n'en attendit pas davantage. La grange était de l'autre côté du chemin : elle y courut avec sa bonne chercher des poignées de millet et de chenevis, qu'elle vint ensuite répandre dans la cour. Les oiseaux voltigeaient par troupes autour d'elle, et cherchaient le moindre petit grain. Louise s'occupait à les regarder et elle en était toute réjouie. Elle alla chercher son père et sa mère pour venir aussi les regarder, et se réjouir avec elle.

Mais ces po'gnées de grains furent bientôt dévorées. Les oiseaux s'envolèrent sur les bords des toits, et ils regardaient Louise d'un air triste, comme s'ils avaient voulu lui dire : N'as-tu rien de plus à nous donner !

Louise comprit leur langage. Elle part aussitôt comme un trait, et court chercher de nouveaux grains. En traversant le chemin, elle rencontra un petit garçon qui n'avait pas, à beaucoup près, un cœur aussi compatissant que le sien. Il portait à la main une cage pleine d'oiseaux, et il la secouait si rudement, que les pauvres petits allaient à tout moment donner de la tête contre les barreaux.

Cela fit de la peine à Louise. — Que veux-tu faire de ces oiseaux ? demanda-t-elle au petit garçon. — Je n'en sais rien encore, répondit-il. Je vais chercher à les vendre ; et si personne ne veut les acheter, j'en régalerai mon chat.

— Ton chat ? répliqua Louise : ton chat ? ah ! le méchant enfant !

— Oh ! ce ne serait pas les premiers qu'il aurait croqués tout vifs. Et en balançant sa cage comme une escarpolette, il allait s'éloigner à grands pas.

Louise l'arrêta, et lui demanda combien il voulait de ses oiseaux. — Je les donnerai tous à un liard la pièce : il y en a dix-huit.

— Eh bien ! je les prends, dit Louise. Elle se fit suivre du petit garçon, et courut demander à son père la permission d'acheter ces oiseaux. Son père y consentit avec plaisir; il céda même à sa fille une chambre vide pour y loger ses hôtes.

Jacquot (ainsi s'appelait le méchant garçon) se retira fort content de son marché; et il alla dire à tous ses camarades qu'il connaissait une petite demoiselle qui achetait les oiseaux.

Au bout de quelques heures, il se présenta tant de petits paysans à la porte de Louise, qu'on eût dit que c'était l'entrée du marché. Ils se pressaient tous autour d'elle, sautant l'un au-dessus de l'autre, et soulevant des deux mains leurs cages, pour lui demander la préférence chacun en faveur de ses oiseaux.

Louise acheta tous ceux qui lui étaient présentés, et les porta dans la chambre où étaient les premiers.

La nuit vint. Il y avait bien longtemps que Louise ne s'était mise au lit avec un cœur aussi satisfait. Ne suis-je pas bien heureuse, se disait-elle, d'avoir pu sauver la vie à tant d'innocentes créatures et de pouvoir les nourrir? Lorsque l'été viendra, j'irai dans les champs et dans les forêts; tous mes petits hôtes chanteront leurs plus jolies chansons pour me remercier des soins que j'aurai eus pour eux. Elle s'endormit sur cette réflexion, et elle rêva qu'elle était dans une forêt de la plus belle verdure. Tous les arbres étaient couverts d'oiseaux qui voltigeaient sur les branches en gazouillant, ou qui nourrissaient leurs petits : et Louise souriait dans son sommeil.

Elle se leva de bonne heure, pour aller donner à manger à ses petits hôtes dans la volière et dans la cour; mais elle ne fut pas aussi contente ce jour-là qu'elle l'avait été la veille. Elle savait le compte de l'argent qu'elle avait mis dans sa bourse, et il ne devait plus lui en rester beaucoup. Si ce temps de neige dure encore quelques jours, dit-elle, que vont devenir les autres oiseaux? Les méchants petits garçons vont les donner tout vifs à leur chat; et faute d'un peu d'argent, je ne pourrai pas les sauver.

Dans ces tristes pensées, elle tire lentement sa bourse pour compter encore son petit trésor. Mais quel est son étonnement de la trouver si lourde! Elle l'ouvre, et la voit pleine de pièces de monnaie de toute valeur, mêlées et confondues ensemble : il y en avait jusqu'aux cordons. Elle court vite à son père, et lui raconte, avec des transports de joie, ce qui vient de lui arriver.

Son père la prit contre son cœur, l'embrassa, et laissa couler ses larmes sur les joues de Louise. Ma chère fille, lui dit-il, tu ne m'as jamais donné tant de satisfaction que dans ce moment. Continue de soulager les créatures qui souffrent; à mesure que ta bourse s'épuisera, tu la verras se remplir.

Quelle joie pour Louise! Elle courut dans la volière, ayant son tablier plein de chenevis et de millet. Tous les oiseaux voltigeaient autour d'elle, en regardant leur déjeuner d'un œil d'appétit. Elle descendit ensuite dans la cour, et offrit un ample repas aux oiseaux affamés.

Elle se voyait alors près de cent pensionnaires qu'elle nourrissait. C'était un plaisir, un plaisir! jamais ses poupées ni ses joujoux ne lui en avaient tant donné.

L'après-midi, en mettant la main dans le sac de chenevis, elle trouva ces paroles écrites dans un billet : « Les habi-

» tants de l'air volent vers vous, Seigneur, et vous leur
» donnez la nourriture; vous étendez la main, et vous ras-
» sasiez de vos bienfaits tout ce qui respire. » Son père
l'avait suivie. Elle se tourne vers lui, et lui dit : Je suis
donc à présent comme Dieu : les habitants de l'air volent
vers moi, et lorsque j'étends la main, je les rassasie de mes
bienfaits?

— Oui, ma fille, lui répondit son père; toutes les fois
que tu fais du bien à quelques créatures, tu es comme Dieu.
Quand tu seras plus grande, tu pourras secourir tes semblables, comme tu secours aujourd'hui les oiseaux; et tu
ressembleras alors à Dieu bien davantage. Ah! quel bonheur pour l'homme lorsqu'il peut agir comme Dieu!

Pendant huit jours, Louise étendit sa main, et rassasia
tout ce qui avait faim autour d'elle. Enfin la neige se fondit, les champs reprirent leur verdure, et les oiseaux, qui
n'avaient pas osé s'écarter de la maison, tournèrent leurs
ailes vers la forêt.

Mais ceux qui étaient dans la volière y restaient renfer-
més. Ils voyaient le soleil, volaient contre la fenêtre, bec-
quetaient les vitrages. C'était en vain; leur prison était
trop forte pour eux : Louise n'imaginait pas encore leur
peine.

Un jour qu'elle leur apportait leur provision, son père
entra quelques moments après elle. Ma chère Louise, lui
dit-il, pourquoi ces oiseaux ont-ils l'air si inquiet? il semble qu'ils désirent quelque chose. N'auraient-ils pas laissé
dans les champs des compagnons qu'ils seraient bien aises
de revoir?

— Vous avez raison, mon papa; ils me semblent tristes depuis que les beaux jours sont revenus. Je vais ouvrir la fenêtre, et les laisser envoler.

— Je pense que tu ne ferais pas mal; tu répandrais la joie dans tout le pays. Ces petits prisonniers iraient trouver leurs amis, et ils voleraient au-devant d'eux, comme tu cours au-devant de moi lorsque j'ai été quelque temps absent de la maison.

Il n'avait pas fini de parler, que déjà toutes les fenêtres étaient ouvertes, et en deux minutes il ne resta pas un seul oiseau dans la chambre.

Louise allait tous les jours se promener à la campagne; de tous côtés elle voyait ou elle entendait des oiseaux; et lorsqu'elle en entendait quelqu'un se distinguer par son ramage, Louise disait : Voilà un de mes pensionnaires; on connaît à sa voix qu'il a été bien nourri cet hiver.

AMAND.

Un pauvre manœuvre, nommé Bertrand, avait six enfants en bas âge, et il se trouvait fort embarrassé pour les nourrir. Pour surcroît de malheur, l'année fut stérile, et le pain se vendait une fois plus cher que l'an passé. Bertrand travaillait jour et nuit : malgré ses sueurs, il lui était impossible de gagner assez d'argent pour rassasier du plus mauvais pain ses enfants affamés. Il était dans une extrême désolation. Il appelle un jour sa petite famille, et, les yeux

pleins de larmes, il lui dit : « Mes chers enfants, le pain
est devenu si cher qu'avec tout mon travail je ne peux
gagner assez pour vous nourrir. Vous le voyez : il faut que
je paie le morceau de pain que voici du produit de toute
ma journée. Il faut donc vous contenter de partager avec
moi le peu que je m'en serai procuré; il n'y en aura certainement pas assez pour vous rassasier; mais du moins il
y aura de quoi vous empêcher de mourir de faim. » Le
pauvre homme ne put en dire davantage; il leva les yeux
vers le ciel, et se mit à pleurer. Ses enfants pleuraient
aussi, et chacun disait en lui-même : Mon Dieu, venez à
notre secours, pauvres petits malheureux que nous sommes! Assistez notre père, et ne nous laissez pas mourir de
faim.

Bertrand partagea son pain en sept portions égales : il
en garda une pour lui, et distribua les autres à chacun de
ses enfants. Mais un d'entre eux, qui s'appelait Amand,
refusa de recevoir la sienne, et dit : « Je ne peux rien
prendre, mon père; je me sens malade, mangez ma portion ou partagez-la entre les autres. — Mon pauvre enfant,
qu'as-tu donc? lui dit Bertrand en le prenant dans ses
bras. — Je suis malade, répondit Amand, très-malade : je
veux aller me coucher. » Bertrand le porta dans son lit;
et, le lendemain au matin, accablé de tristesse, il alla chez
un médecin, et le pria de venir, par charité, voir son fils,
et de le secourir.

Le médecin, qui était un homme pieux, se rendit chez
Bertrand, quoiqu'il fût bien sûr de n'être pas payé de ses
visites. Il s'approche du lit d'Amand, lui tâte le pouls;

mais il ne peut y trouver aucun symptôme de maladie; il lui trouva cependant une grande faiblesse, et pour le ranimer il voulut lui prescrire une potion. Ne m'ordonnez rien, Monsieur, lui dit Amand; je ne prendrais pas ce que vous m'ordonneriez.

— Tu ne le prendrais pas! et pourquoi donc, s'il te plaît?

— Ne me le demandez pas, Monsieur, je ne peux pas vous le dire.

— Et qui t'en empêche, mon enfant? Tu me parais un petit garçon bien obstiné.

— Monsieur le médecin, ce n'est pas obstination, je vous assure.

— A la bonne heure; je ne veux pas te contraindre; mais je vais le demander à ton père, qui ne sera peut-être pas si mystérieux.

— Ah! je vous en prie, Monsieur, que mon père n'en sache rien.

— Tu es un enfant incompréhensible! Mais il faut absolument que j'en instruise ton père, puisque tu ne veux pas me l'avouer.

— Mon Dieu, Monsieur, gardez-vous-en bien : je vais vous le dire; mais auparavant, faites sortir, je vous prie, mes frères et mes sœurs.

Le médecin ordonna aux enfants de se retirer; et alors Amand lui dit : « Hélas! Monsieur, dans un temps si dur, mon père ne gagne qu'avec bien de la peine de quoi acheter un mauvais pain; il le partage entre nous; chacun n'en peut avoir qu'un petit morceau, et il n'en veut presque

rien garder pour lui-même. Cela me fait de la peine de voir
mes petits frères et mes petites sœurs endurer la faim. Je
suis l'aîné; j'ai plus de force qu'eux; j'aime mieux ne pas
manger pour qu'ils puissent partager ma portion. C'est
pour cela que j'ai fait semblant d'être malade et de ne pouvoir pas manger; mais que mon père n'en sache rien, je
vous prie. » Le médecin essuya ses yeux, et lui dit :
« Mais toi, n'as-tu pas faim, mon cher ami? — Pardonnez-
moi, j'ai bien faim; mais cela ne me fait pas tant de mal
que de les voir souffrir.

— Mais tu mourras bientôt, si tu ne te nourris pas.

— Je le sens bien, Monsieur; mais je mourrai de bon
cœur : mon père aura une bouche de moins à remplir, et
lorsque je serai auprès du bon Dieu, je le prierai de donner
à manger à mes petits frères et à mes petites sœurs.

L'honnête médecin était hors de lui-même d'attendrisse-
ment et d'admiration, en entendant ainsi parler ce généreux enfant. Il le prit dans ses bras, le serra contre son
cœur, et lui dit : « Non, mon cher ami, tu ne mourras pas.
Dieu, notre père à tous, aura soin de toi et de ta famille :
Rends-lui grâce de ce qu'il m'a conduit ici; je reviendrai
bientôt. » Il courut à sa maison, chargea un de ses domestiques de toutes sortes de provisions, et revint aussitôt avec
lui vers Amand et ses frères affamés. Il les fit tous mettre
à table, et leur donna à manger jusqu'à ce qu'ils fussent
rassasiés. C'était un spectacle ravissant pour le bon médecin
de voir la joie de ces innocentes créatures. En sortant, il dit
à Amand de ne pas se mettre en peine, et qu'il pourvoirait
à leurs nécessités. Il observa fidèlement sa promesse; il

leur faisait passer tous les jours abondamment de quoi se nourrir. D'autres personnes charitables, à qui il raconta cette aventure, imitèrent sa bienfaisance. Les uns envoyaient des provisions, les autres de l'argent, ceux-là des habits et du linge; en sorte que, peu de jours après, la petite famille eut au-delà de tous ses besoins.

Aussitôt que le prince fut instruit de ce que le brave petit Amand avait fait pour son père et pour ses frères, plein d'admiration pour tant de générosité, il envoya chercher Bertrand, et lui dit : « Vous avez un enfant admirable, je veux être aussi son père; j'ai ordonné qu'on vous donnât en mon nom une pension de cent écus. Amand et tous vos autres enfants seront élevés à mes frais dans le métier qu'ils voudront choisir, et, s'ils savent en profiter, j'aurai soin de leur fortune. »

Bertrand s'en retourna chez lui enivré de joie, et s'étant jeté à genoux, il remercia Dieu de lui avoir donné un si digne enfant.

LE FORGERON.

M. de Cremy, passant vers minuit devant l'atelier d'un pauvre forgeron, entendit les coups redoublés de son marteau. Il voulut savoir ce qui le retenait si tard à l'ouvrage, et s'il ne pouvait gagner sa vie du labeur de sa journée sans le prolonger si avant dans la nuit.

— Ce n'est pas pour moi que je travaille, répondit le

forgeron, c'est pour un de mes voisins qui a eu le malheur
d'être incendié. Je me lève deux heures plus tôt et je me
couche deux heures plus tard tous les jours, afin de donner
à ce pauvre malheureux de faibles marques de mon
attachement. Si je possédais quelque chose, je le parta-
gerais avec lui; mais je n'ai que mon enclume, et je ne
puis la vendre, car c'est elle qui me fait vivre. En la frappant chaque jour quatre heures de plus qu'à l'ordinaire,
cela fait par semaine la valeur de deux journées dont je
puis céder le produit. Dieu merci, la besogne ne manque
pas dans cette saison; et quand on a des bras, il faut bien
les faire servir à secourir son prochain.

— Voilà qui est généreux de votre part, mon enfant, lui
dit M. de Cremy; car, selon toute apparence, votre voisin
ne pourra jamais vous rendre ce que vous lui donnez.

— Hélas! Monsieur, je le crains pour lui plus que pour
moi; mais je suis bien sûr qu'il en ferait autant si j'étais à
sa place.

M. de Cremy ne voulut pas le détourner plus longtemps
de ses occupations; et lui ayant souhaité une bonne nuit, il
le quitta. Le lendemain, ayant tiré de ses épargnes une
somme de six cents livres, il la porta chez le forgeron, dont
il voulait récompenser la bienfaisance, afin qu'il pût tirer
son fer de la première main, entreprendre de plus grands
ouvrages, et mettre ainsi en réserve quelques deniers du
fruit de son travail pour les jours de sa vieillesse.

Mais quelle fut sa surprise lorsque le forgeron lui dit :
Reprenez votre argent, Monsieur; je n'en ai pas besoin
puisque je ne l'ai pas gagné. Je suis en état de payer le fer

que j'emploie, et s'il m'en faut davantage, le marchand me
le donnera bien sur mon billet. Ce serait, de ma part, une
grande ingratitude de vouloir le priver du gain qu'il doit
faire sur sa marchandise, lorsqu'il n'a pas craint de m'en
avancer pour cent écus dans le temps où je ne possédais
que l'habit que j'ai sur le corps. Vous avez un meilleur
usage à faire de cette somme, en la prêtant sans intérêt au
pauvre incendié. Il pourra, par ce moyen, rétablir ses
affaires; et moi, je pourrai dormir alors tout mon soûl.

M. de Cremy n'ayant pu, malgré les plus vives instances, le faire revenir de son refus, suivit le conseil qu'il lui
avait donné, et il eut le plaisir de faire le bonheur d'une
personne de plus que dans le premier projet de son cœur
généreux.

LE SECRET DU PLAISIR.

— Je voudrais bien pouvoir jouer tout aujourd'hui,
disait la petite Laurette à madame Durval, sa mère.

MADAME DURVAL. Quoi! pendant la journée entière?

LAURETTE. Mais oui, maman.

MADAME DURVAL. Je ne demande pas mieux que de te
satisfaire, ma fille. Je crains cependant que cela ne
t'ennuie.

LAURETTE. De jouer, maman? Oh! que non! vous
verrez.

Laurette courut en sautant chercher tous ses joujoux.

Elle les apporta. Mais elle était seule, car ses sœurs devaient être occupées avec leurs maîtres jusqu'à l'heure du dîner.

Elle jouit d'abord de sa liberté dans toute sa franchise, et elle se trouva fort heureuse durant une heure entière. Peu à peu le plaisir qu'elle goûtait commençait à perdre quelque chose de sa vivacité. Elle avait déjà manié cent fois tour à tour chacun de ses joujoux, et ne savait plus quel parti en tirer. Sa poupée favorite lui parut bientôt ennuyeuse et maussade. Elle courut vers sa mère, et la pria de lui apprendre de nouveaux amusements et de jouer avec elle. Malheureusement madame Durval avait alors des affaires pressantes à terminer, et elle fut obligée de refuser à Laurette sa demande, quelque peine qu'elle ressentît. La petite fille alla s'asseoir tristement dans un coin, et elle attendit, en bâillant, l'heure où ses sœurs suspendaient leurs exercices pour prendre quelque récréation.

Enfin ce moment arriva. Laurette courut au-devant d'elles, et leur dit d'une voix plaintive combien le temps lui avait paru long, et avec quelle impatience elle les avait désirées.

Elles commencèrent aussitôt leurs jeux des grandes fêtes, pour rendre la joie à leur petite sœur, qu'elles aimaient fort tendrement. Hélas! toutes ces complaisances furent inutiles. Laurette se plaignit de ce que tous ces amusements étaient usés pour elle, et de ce qu'ils ne lui causaient plus le moindre plaisir. Elle ajouta qu'elles avaient sûrement comploté ensemble de ne faire ce jour-là aucun jeu qui pût l'amuser.

Alors Adélaïde, sa sœur aînée, jeune demoiselle de dix ans, très-sensée et très-raisonnable, lui prit la main, et lui dit avec amitié :

— Regarde-nous bien l'une après l'autre, toutes tant que nous sommes, et je te dirai laquelle de nous est la cause de ton mécontentement.

LAURETTE. Et qui est-ce donc, ma sœur? Je ne devine pas.

ADÉLAÏDE. C'est que tu n'as pas porté les yeux sur toi-même. Oui, Laurette, c'est toi-même; car, tu le vois bien, ces jeux nous amusent encore, quoique nous les ayons joués, même avant que tu fusses née. Mais nous venons de travailler, et ils nous paraissent tout nouveaux. Si tu avais gagné par le travail l'appétit du plaisir, il te serait certainement aussi doux qu'à nous-mêmes de le satisfaire.

Laurette, qui, tout enfant qu'elle était, ne manquait pas de raison, fut frappée du discours de sa sœur. Elle comprit que, pour être heureuse, il fallait mélanger adroitement les exercices utiles et les délassements agréables. Et je ne sais si, depuis cette aventure, une journée toute de plaisir ne l'aurait pas encore plus effrayée qu'un jour entier des légères occupations de son âge.

LES BUISSONS.

Dans une riante soirée de mai, M. d'Ogères était assis, avec Armand son fils, sur le penchant d'une colline, d'où il lui faisait admirer la beauté de la nature, que le soleil couchant semblait revêtir, dans ses adieux, d'une robe de pourpre. Ils furent distraits de leur douce rêverie par les chants joyeux d'un berger qui ramenait son troupeau bêlant de la prairie voisine. Des deux côtés du chemin qu'il suivait s'élevaient des buissons d'épines, et aucune brebis ne s'en approchait sans y laisser quelque dépouille de sa toison.

Le jeune Armand entra en colère contre ses ravisseurs. Voyez-vous, mon papa, s'écria-t-il, ces buissons qui dérobent leur laine aux brebis? Pourquoi Dieu a-t-il fait naître ces méchants arbustes? ou pourquoi les hommes ne s'accordent-ils pas pour les exterminer? Si les pauvres brebis repassent encore dans le même endroit, elles vont y laisser le reste de leurs habits. Mais non; je me lèverai demain à la pointe du jour; je viendrai avec ma serpette, et *ritz, ratz,* je jetterai à bas toutes ces broussailles. Vous viendrez aussi avec moi, mon papa; vous porterez votre grand couteau de chasse; et l'expédition sera faite avant l'heure du déjeuner. — Nous songerons à ton projet, lui répondit M. d'Ogères. En attendant, ne sois pas si injuste envers ces buissons; et rappelle-toi ce que nous faisons vers la Saint-Jean.

ARMAND. Et quoi donc, mon papa?

M. D'OGÈRES. N'as-tu pas vu les bergers s'armer de grands ciseaux, et dérober aux brebis tremblantes, non pas des flocons légers de leur laine, mais toute leur toison?

ARMAND. Il est vrai, mon papa, parce qu'ils en ont besoin pour se faire des habits. Mais les buissons qui les dépouillent par pure malice, et sans en avoir aucun besoin !

M. D'OGÈRES. Tu ignores à quoi ces dépouilles peuvent leur servir; mais supposons qu'elles leur soient inutiles, le seul besoin d'une chose est-il un droit pour se l'approprier?

ARMAND. Mon papa, je vous ai entendu dire que les brebis perdent naturellement leur toison vers ce temps de l'année; ainsi il vaut mieux la prendre pour notre usage que de la laisser tomber inutilement.

M. D'OGÈRES. Ta réflexion est juste. La nature a donné à toutes les bêtes leur vêtement; et nous sommes obligés de leur emprunter le nôtre, si nous ne voulons pas aller tout nus et rester exposés aux injures cruelles de l'hiver.

ARMAND. Mais le buisson n'a pas besoin de vêtements. Ainsi, mon papa, il n'est plus question de reculer. Il faut dès demain jeter à bas toutes ces épines. Vous viendrez avec moi, n'est-ce pas?

M. D'OGÈRES. Je ne demande pas mieux. Allons, à demain au matin, dès la pointe du jour.

Armand, qui se croyait déjà un héros, à la seule idée de détruire de son petit bras cette légion de voleurs, eut de la peine à s'endormir, occupé comme il était de ses victoires du lendemain. A peine les chants joyeux des oiseaux perchés sur les arbres voisins de ses fenêtres eurent-ils annoncé le retour de l'aurore, qu'il se hâta d'éveiller son père. M. d'Ogères, de son côté, peu occupé de la destruction des buissons, mais charmé de trouver l'occasion de montrer à son fils les beautés ravissantes du jour naissant, ne

fut pas moins empressé à sauter de son lit. Ils s'habillèrent
à la hâte, prirent leurs armes, et se mirent en chemin pour
leur expédition. Armand allait le premier d'un air de
triomphe, et M. d'Ogères avait bien de la peine à suivre
ses pas. En approchant des buissons, ils virent de tous les
côtés de petits oiseaux qui allaient et venaient en voltigeant
sur leurs branches. — Doucement, dit M. d'Ogères à son
fils; suspendons un moment notre vengeance, de peur de
troubler ces innocentes créatures. Remontons à l'endroit
de la colline où nous étions assis hier au soir, pour
examiner ce que les oiseaux cherchent sur ces buissons
d'un air si affairé. Ils remontèrent la colline, s'assirent, et
regardèrent. Ils virent que les oiseaux emportaient dans
leur bec les flocons de laine que les buissons avaient
accrochés la veille aux brebis. Il venait des troupes de fau-
vettes, de pinsons, de linottes et de rossignols, qui s'enri-
chissaient de ce butin.

— Que veut dire cela? s'écria Armand tout étonné. —
Cela veut dire, lui répondit son père, que la Providence
prend soin des moindres créatures, et leur fournit toutes
sortes de moyens pour leur bonheur et leur conservation.
Tu le vois, les pauvres oiseaux trouvent ici de quoi
tapisser l'habitation qu'ils forment d'avance pour leurs
petits. Ils se préparent un lit bien doux pour eux et pour
leur jeune famille. Ainsi, cet honnête buisson, contre
lequel tu t'emportais hier si légèrement, allie les habitants
de l'air avec ceux de la terre. Il demande au riche son
superflu, pour donner au pauvre ses besoins. Veux-tu
venir à présent le détruire? — Que le ciel nous en pré-

serve! s'écria Armand. — Tu as raison, mon fils, reprit
M. d'Ogères, qu'il fleurisse en paix, puisqu'il fait de ses
conquêtes un usage si généreux!

LE SOLEIL ET LA LUNE.

La charmante soirée! Viens, Antonin, disait M. de Verteuil à son fils. Regarde. Le soleil est prêt à se coucher.
Comme il est beau! Nous pouvons l'envisager maintenant;
il n'est pas si éblouissant qu'à l'heure du dîner, lorsqu'il
était au plus haut de sa course. Comme les nuages sont
beaux aussi autour de lui! ils sont de couleur de soufre, de
couleur d'écarlate et de couleur d'or. Adieu, soleil, jusqu'à
demain matin.

A présent, Antonin, tourne les yeux de l'autre côté.
Qu'est-ce qui brille ainsi derrière les arbres? Est-ce un
feu? Non, c'est la lune. Elle est toute ronde aujourd'hui,
parce que c'est pleine lune. Elle ne sera pas si ronde
demain au soir. Elle perdra encore un morceau après-
demain, un autre morceau le jour suivant, et toujours de
plus en plus, jusqu'à ce qu'elle devienne comme ton arc;
alors on ne la verra plus qu'à l'heure où tu seras au lit. Et
de jour en jour elle deviendra encore plus petite, jusqu'à
ce qu'on ne la voie plus du tout au bout de quinze jours.

Ce sera ensuite nouvelle lune, et tu la verras dans l'après-
midi. Elle sera d'abord bien petite; mais elle deviendra
chaque jour plus grande et plus ronde, jusqu'à ce qu'au

bout de quinze autres jours elle soit tout à fait pleine comme aujourd'hui ; et tu la verras encore se lever derrière les arbres.

ANTONIN. Mais, mon papa, comment le soleil et la lune se tiennent-ils tout seuls en l'air ? Je crains toujours qu'ils ne tombent sur la terre.

M. DE VERTEUIL. Tranquillise-toi, mon fils, il n'y a pas de danger. Je t'expliquerai un jour ce qui t'embarrasse, lorsque tu seras plus en état de m'entendre. Ecoute, en attendant, ce que l'un et l'autre t'adressent par ma bouche.

Le soleil dit d'une voix éclatante : Je suis le roi du jour : je me lève dans l'Orient, et l'aurore me précède pour annoncer à la terre mon arrivée. Je frappe à ta fenêtre avec un rayon d'or, pour t'avertir de ma présence, et je te dis : Paresseux, je ne brille pas pour que tu restes enseveli dans le sommeil ; je brille pour que tu te lèves et que tu travailles. Je suis le grand voyageur. Je marche comme un géant, à travers toute l'étendue des cieux. Jamais je ne m'arrête, et je ne suis jamais fatigué.

J'ai sur ma tête une couronne de rayons étincelants que je disperse sur tout l'univers, et tout ce qu'ils frappent brille d'éclat et de beauté. Je donne la chaleur aussi bien que la lumière. C'est moi qui mûris les fruits et les moissons. Si je cessais de régner sur la nature, rien ne croîtrait dans son sein, et les pauvres humains mourraient de faim et de désespoir dans l'horreur des ténèbres.

Je suis très-haut dans les cieux, plus haut que les montagnes et les nuages. Je n'aurais qu'à m'abaisser un peu plus vers la terre, mes feux la dévoreraient dans un ins-

3

tant, comme la flamme dévore la paille légère que l'on jette
sur un brasier.

Depuis combien de siècles je fais la joie de l'univers! Il
y a six ans qu'Antonin ne vivait pas encore, Antonin n'était
pas au monde; mais le soleil y était. J'y étais lorsque ton
papa et ta maman ont reçu la vie, et bien des milliers d'années encore auparavant : cependant je n'ai pas vieilli.

Quelquefois je dépose ma couronne éclatante, et j'enveloppe ma tête de nuages argentés; alors tu peux soutenir
mes regards; mais lorsque je dissipe les nuages pour
briller dans toute ma splendeur du midi, tu n'oserais porter
sur moi la vue; j'éblouirais tes yeux, je t'aveuglerais. Je
n'ai permis qu'au seul roi des oiseaux de contempler d'un
air immobile tout l'éclat de ma gloire.

L'aigle, s'élançant de la cime des plus hautes montagnes, vole vers moi d'une aile vigoureuse, et se perd dans
mes rayons en m'apportant son hommage. L'alouette,
suspendue au milieu des airs, chante, à ma rencontre, ses
plus douces chansons, et réveille les oiseaux endormis sous
la feuillée. Le coq resté sur la terre y proclame mon
retour d'une voix perçante; mais la chouette et le hibou
fuient à mon aspect, en poussant des cris plaintifs, et vont
se réfugier sous les ruines de ces tours orgueilleuses que
j'ai vu s'élever fièrement, dominer pendant des siècles sur
les campagnes, et s'écrouler ensuite sous le poids d'une
longue vieillesse.

Mon empire n'est pas borné, comme celui des rois de la
terre, à quelques parties du monde. Le monde entier est

mon empire. Je suis la plus belle et la plus glorieuse créature qu'on puisse voir dans l'univers.

La lune dit d'une voix tendre : Je suis la reine de la nuit; j'envoie mes doux rayons pour te donner de la lumière lorsque le soleil n'éclaire plus la terre.

Tu peux toujours me regarder sans péril, car je ne suis jamais assez resplendissante pour t'éblouir, et je ne brûle jamais. Je laisse même briller dans l'herbe les petits vers luisants, à qui le soleil dérobe impitoyablement leur éclat. Les étoiles brillent autour de moi; mais je suis plus lumineuse que les étoiles, et je parais dans leur foule comme une grosse perle entourée de plusieurs petits diamants étincelants.

Lorsque tu es endormi, je me glisse sur un rayon d'argent à travers les rideaux, et je te dis : Dors, mon petit ami; tu es fatigué... je ne troublerai plus ton sommeil.

Le rossignol chante pour moi, celui qui chante le mieux de tous les oiseaux. Perché sur un buisson, il remplit la forêt de ses accents aussi doux que ma lumière, tandis que la rosée descend légèrement sur les fleurs, et que tout est calme et silencieux dans mon empire

LE MENTEUR CORRIGÉ PAR LUI-MÊME.

Le petit Gaspard était parvenu à l'âge de six ans sans qu'il lui fût jamais échappé un mensonge. Il ne faisait rien de mal, ainsi il n'avait aucune raison de cacher la vérité.

Lorsqu'il lui arrivait quelque malheur, comme de casser une vitre, ou de faire une tache à son habit, il allait tout de suite l'avouer à son papa. Celui-ci avait la bonté de lui pardonner, et il se contentait de l'avertir d'être dorénavant plus attentif.

Un jour, son petit voisin Robert vint le trouver. Celui-ci était un fort méchant garçon. Gaspard, qui voulait amuser son ami, lui proposa de jouer au domino. Robert le voulut bien, mais à condition que chaque partie serait d'une pièce de deux sous. Gaspard refusa d'abord, parce que son père lui avait défendu de jouer de l'argent. Enfin il se laissa séduire par les prières de Robert, et il perdit en un quart d'heure tout l'argent qu'il avait économisé depuis quelques semaines sur ses plaisirs. Gaspard fut désolé de cette perte, il se retira dans un coin, et se mit à pleurer. Robert se moqua de lui, et s'en retourna triomphant avec son butin. Le père de Gaspard ne tarda pas à revenir. Comme il aimait beaucoup son fils, il le fit appeler pour l'embrasser. — Que t'est-il donc arrivé dans mon absence? lui dit-il en le voyant accablé de tristesse.

— C'est le petit Robert, mon voisin, qui est venu me forcer de jouer avec lui au domino.

— Il n'y a pas de mal à cela, mon enfant; c'est un amusement que je t'ai permis. Mais est-ce que vous avez joué de l'argent?

— Non, mon papa.

— Pourquoi donc as-tu les yeux rouges?

— C'est que je voulais faire voir à Robert l'argent que j'avais épargné pour m'acheter un livre. Je l'avais mis, par précaution, derrière la grosse pierre qui est à notre porte. Quand j'ai voulu le chercher je ne l'ai pas trouvé. Quelque passant me l'aura pris.

Son père soupçonna dans ce récit un peu de mensonge; mais il cacha son mécontentement, et il alla aussitôt chez son voisin. Lorsqu'il aperçut le petit Robert, il affecta de de sourire, et lui dit : Eh bien! mon enfant, tu as donc été heureux aujourd'hui au domino?

— Oui, Monsieur, lui répondit Robert, j'ai joué fort heureusement.

— Et combien as-tu gagné à mon fils?

— Vingt-quatre sous.

— Et t'a-t-il payé?

— Et mais! sans doute. Oh! oui, je ne lui demande plus rien.

Quoique Gaspard eût mérité d'être puni sévèrement, son père voulut bien lui pardonner pour cette première fois. Il se contenta de lui dire d'un air de mépris : Je sais maintenant que j'ai un menteur dans ma maison, et je vais avertir tout le monde de se méfier de ses paroles. Quelques jours après Gaspard alla voir Robert, et lui fit voir un très-beau porte-crayon dont son oncle lui avait fait présent. Robert en eut envie, et chercha tous les moyens de l'avoir. Il proposa en échange ses balles, sa toupie et ses raquettes; mais comme il vit que Gaspard ne voulait s'en défaire à aucun prix, il enfonça son chapeau sur ses yeux, et dit effrontément : Le porte-crayon m'appartient. C'est chez toi que je l'ai perdu, et peut-être même me l'as-tu dérobé. Gaspard eut beau protester que c'était un cadeau

de son oncle, Robert se mit en devoir de le lui arracher ; et
comme Gaspard le tenait fortement dans ses mains, il lui
sauta aux cheveux, le terrassa, lui mit les genoux sur la
poitrine, et lui donna des coups de poing dans le visage,
jusqu'à ce que Gaspard lui eût remis le porte-crayon.

Gaspard rentra chez lui le nez tout sanglant et les che-
veuv à moitié arrachés. Ah! mon papa, s'écria-t-il d'aussi
loin qu'il l'aperçut, venez me venger. Le méchant petit
Robert m'a pris mon porte-crayon, et m'a accommodé
comme vous voyez.

Mais, au lieu de le plaindre, son père lui dit : Va, menteur, tu l'as joué sans doute au domino. C'est toi qui t'es
barbouillé le nez de jus de mûres, et qui as mis ta cheve-
lure en désordre pour m'en imposer. En vain Gaspard
affirma la vérité de son récit. — Je ne crois plus, lui dit
son père, celui qui m'a trompé une fois.

Gaspard confondu se retira dans sa chambre, et déplora
amèrement son premier mensonge. Le lendemain il alla
trouver son père et lui demanda pardon. — Je reconnais,
lui dit-il, combien j'ai eu tort d'avoir cherché une fois à
vous en faire accroire. Cela ne m'arrivera plus de ma vie ;
mais ne me faites pas davantage l'affront de vous défier de
mes paroles.

Son père m'assurait l'autre jour que depuis ce moment
il n'était pas échappé à son fils le mensonge le plus léger,
et que, de son côté, il l'en récompensait par la confiance la
plus aveugle. Il n'exigeait plus de lui ni assurance ni pro-
testations. C'était assez que Gaspard lui eût dit une chose,

pour qu'il s'en tint aussi sûr que s'il l'avait vue de ses propres yeux.

Quelle douce satisfaction pour un père honnête, et pour un fils digne de son amitié !

LES CAQUETS.

Si Aurélie était d'un naturel assez doux, elle n'avait pas moins contracté un défaut bien cruel : c'était de rapporter publiquement tout ce qu'elle croyait remarquer de mauvais dans les autres. L'inexpérience de son âge lui faisait souvent interpréter d'une manière fâcheuse les actions les plus innocentes. Un seul mot, une apparence légère, lui suffisaient pour former d'injustes soupçons; et à peine venaient-ils de s'établir dans son esprit, qu'elle courait les répandre comme des faits avérés. Elle y ajoutait même quelquefois les circonstances que lui avait prêtées son imagination, pour se rendre la chose vraisemblable à elle-même. Vous devez penser aisément combien de maux furent produits par ses récits indiscrets. D'abord toutes les familles de son quartier furent brouillées ensemble. La division se répandit dans chacune d'elles en particulier. Les maris et les femmes, les frères et les sœurs, les maîtres et les domestiques, étaient dans un état de guerre continuel. La confiance était soudain bannie des sociétés où la petite fille entrait avec sa mère. On n'osait plus se permettre devant elle le moindre épanchement. Les personnes d'un caractère faible tremblaient en sa présence, et n'en étaient pas plus disposées à l'aimer. Celles qui avaient plus de fermeté dans l'esprit lui adressaient des reproches terribles. On en vint bientôt à lui fermer toutes les maisons de la ville, comme à une malheureuse créature atteinte de la peste. Mais ni la haine ni les humiliations ne pouvaient la corriger d'un défaut dont l'habitude s'était déjà profondément enracinée dans son esprit.

Cette gloire était réservée à Dorothée, sa cousine, la seule qui voulût encore recevoir ses visites, ou répondre à ses invitations, dans l'espérance de la ramener d'un penchant qui l'entraînait au malheur de sa vie entière.

Aurélie était allée un jour la voir, et avait passé une heure ou deux à lui raconter des histoires malignes de toutes les jeunes demoiselles de sa connaissance, malgré le dégoût que Dorothée témoignait à l'écouter. — Maintenant, ma petite cousine, lui dit-elle lorsqu'elle eut fini faute de respiration, fais-moi aussi des histoires à ton tour. Tu vois une compagnie assez ridicule pour être en fonds d'anecdotes plaisantes.

— Ma chère Aurélie, lui répondit Dorothée, lorsque je vois mes amies, je me livre tout entière au plaisir de leur société, sans perdre ma joie à remarquer leurs défauts. J'en reconnais d'ailleurs un si grand nombre en moi-même, que je n'ai guère le temps de m'embarrasser de ceux des étrangers. Comme j'ai besoin de leur indulgence, je leur accorde toute la mienne. J'aime mieux fixer mon attention sur leurs bonnes qualités, afin de tâcher de les acquérir. Il me semble qu'il faut n'avoir rien à éclairer dans son propre

cœur pour porter le flambeau dans celui des autres. Je te
félicite de cet état de perfection dont je suis malheureusement bien éloignée. Continue, ma chère cousine, ces nobles
fonctions d'un censeur charitable, qui veut rappeler le
genre humain à la vertu en lui montrant la laideur du vice.
Tu ne peux manquer de recueillir une bienveillance univer-
selle pour des travaux si généreux.

Aurélie, qui se voyait devenue l'objet de la haine publique, sentit aisément les railleries piquantes de sa cousine.
Elle commença, dans ce moment, à faire des réflexions
sérieuses sur le danger de ses indiscrétions. Elle frémit
d'horreur sur elle-même en retraçant devant ses yeux tous
les maux qu'elle avait causés, et résolut d'en arrêter le
cours. Elle eut bien de la peine à se défaire de la coutume
qu'elle avait prise d'envisager les choses du côté seul qui
pouvait fournir matière à des interprétations défavorables.
Mais quelles difficultés peuvent résister à une ferme et cou-
rageuse résolution? Elle parvint enfin à ne tourner la
pénétration de son esprit observateur que vers les objets
dignes de ses éloges; et les jouissances odieuses de la
malignité furent remplacées par une satisfaction bien plus
pure et bien plus flatteuse. Elle était la première à présenter
toutes les actions équivoques sous un point de vue qui les
fît excuser. Lorsqu'elle ne pouvait se les offrir à elle-même
avec des couleurs favorables : Peut-être, se disait-elle, ne
sais-je pas toutes les circonstances de cette aventure. On a
eu sans doute des motifs louables que j'ignore. Enfin, si le
cas n'était susceptible d'aucune indulgence, elle plaignait
le coupable, rejetait sa faute sur une trop grande précipi-

tation, ou sur l'ignorance du mal qu'il pouvait commettre.

Cependant elle fut bien longtemps encore à regagner les cœurs qu'elle s'était aliénés. Elle était déjà parvenue à l'âge de s'établir, et personne ne se présentait pour l'épouser. On l'avait évitée avec tant de soin pendant des années entières, qu'on avait insensiblement perdu son souvenir, comme si sa carrière eût été finie pour le monde.

Elle se croyait déjà abandonnée, et réduite à passer sa vie dans une triste solitude, privée des plaisirs d'un heureux mariage et d'une société choisie d'amis, lorsqu'un étranger fort riche, adressé à son père, l'ayant entendue prendre le parti d'un absent qu'on accusait, fut si touché de la bonté d'un caractère qui sympathisait avec le sien, qu'il crut avoir trouvé la femme la plus propre à faire son bonheur. Il demanda sa main à ses parents, et mit à ses pieds la disposition de son cœur et de sa fortune.

Aurélie, de plus en plus convaincue, par une double expérience, des désagréments attachés au penchant cruel de dévoiler les fautes de ses semblables, et de la joie délicieuse qu'on trouve dans sa propre estime et dans celle des gens de bien, en excusant, par une tendre indulgence, les faiblesses de l'humanité, propose tous les jours son exemple à ses enfants, pour les garantir du malheur dont elle était près de devenir la victime.

SI LES HOMMES NE TE VOIENT PAS, DIEU TE VOIT.

Le petit Fabien revenait un jour des champs avec M. de la Ferrière, son père. C'était un beau jour d'automne, il était chargé de fleurs, et il faisait encore grand chaud.

— Mon papa, dit Fabien en tournant la tête du côté d'un jardin le long duquel ils marchaient alors, j'ai bien soif.

— Et moi aussi, mon fils, lui répondit M. de la Ferrière; mais il faut prendre patience jusqu'à ce que nous arrivions à la maison.

FABIEN. Voilà un poirier chargé de bien belles poires. Voyez, c'est du doyenné. Ah! que j'en mangerais une avec un grand plaisir!

M. DE LA FERRIÈRE. — Je le crois sans peine. Mais cet arbre est dans un jardin fermé de toutes parts.

FABIEN. La haie n'est pas trop fourrée, et voici un trou par où je pourrais bien passer.

M. DE LA FERRIÈRE. Et que dirait le maître du jardin s'il était là?

FABIEN. Oh! il n'y est pas sûrement, il n'y a personne qui puisse nous voir.

M. DE LA FERRIÈRE. Tu te trompes, mon enfant. Il y a quelqu'un qui nous voit, et qui nous punirait avec justice, parce qu'il y aurait du mal à faire ce que tu te proposes.

FABIEN. Et qui serait-ce donc, mon papa ?

M. DE LA FERRIÈRE. Celui qui est présent partout, qui ne perd jamais un instant de vue, et qui voit jusque dans le fond de nos pensées : Dieu !

FABIEN. Ah ! vous avez raison, je n'y songe plus.

Au même instant il se leva derrière la haie un homme qu'ils n'avaient pu voir, parce qu'il était étendu sur un banc de gazon. C'était un vieillard à qui appartenait le jardin, et qui parla de cette manière à Fabien :

« Remercie Dieu, mon enfant, de ce que ton père t'a empêché de te glisser dans mon jardin, et d'y venir prendre une chose qui ne t'appartenait pas. Apprends qu'au pied de ces arbres on a tendu des piéges pour surprendre les voleurs ; tu t'y serais cassé les jambes, et tu serais resté boiteux pour toujours. Mais puisqu'au premier mot de la sage leçon de ton père tu as témoigné de la crainte de Dieu, et que tu n'as pas insisté plus longtemps sur le vol que tu méditais, je vais te donner avec plaisir des fruits que tu désires. »

A ces mots, il alla vers le plus beau poirier, secoua l'arbre, et porta à Fabien son chapeau rempli de poires. M. de la Ferrière voulut tirer de l'argent de sa bourse pour récompenser cet honnête vieillard, mais il ne put jamais l'engager à céder à ses instances.

— J'ai eu du plaisir, Monsieur, à obliger votre enfant, et je n'en aurais plus si je m'en laissais payer. Il n'y a que Dieu qui paye ces choses-là.

M. de la Ferrière lui tendit la main par-dessus la haie. Fabien le remercia aussi dans un assez joli compliment ;

mais il lui témoigna sa reconnaissance d'une manière encore plus vive par l'air d'appétit dont il mordait dans les poires, dont l'eau ruisselait de tous côtés.

— Voilà un bien brave homme, dit Fabien à son papa lorsqu'il eut fini la dernière et qu'ils se furent éloignés du vieillard.

M. DE LA FERRIÈRE. Oui, mon ami; il l'est devenu sans doute pour avoir pénétré ton cœur de cette grande vérité, que Dieu ne laisse jamais le bien sans récompense et le mal sans châtiment.

FABIEN. Dieu m'aurait donc puni si j'avais pris les poires?

M. DE LA FERRIÈRE. Le bon vieillard t'a dit ce qui te serait arrivé.

FABIEN. Mes pauvres jambes l'ont échappé belle. Mais ce n'est pas Dieu qui a tendu lui-même ces piéges.

M. DE LA FERRIÈRE. Non, sans doute, ce n'est pas lui-même. Mais les piéges n'ont pas été tendus à son insu et sans sa permission. Dieu, mon cher enfant, règle tout ce qui se passe sur la terre, et il dirige toujours les événements de manière à récompenser les gens de bien de leurs bonnes actions, et à punir les méchants de leurs crimes. Je vais te raconter, à ce sujet, une aventure qui m'a trop vivement frappé dans mon enfance pour que je puisse l'oublier de toute ma vie.

FABIEN. Ah! mon papa, je suis heureux aujourd'hui : de la promenade, des poires et une histoire encore!

M. DE LA FERRIÈRE. Quand j'étais encore aussi petit que toi, et que je vivais auprès de mon père, nous avions deux voisins, l'un à droite, l'autre à gauche de notre maison. Le premier s'appelait Dubois, et le second Verneuil.

M. Dubois avait un fils nommé Silvestre, et M. Verneuil en avait aussi un nommé Gaspard.

Derrière notre maison et celle de nos voisins étaient de petits jardins, séparés les uns des autres par des haies vives. Silvestre, lorsqu'il était seul dans le jardin de son père, s'amusait à jeter des pierres dans tous les jardins d'alentour, sans faire réflexion qu'il pouvait blesser quelqu'un. M. Dubois s'en était aperçu, et lui en avait fait de vives réprimandes, en le menaçant de le châtier s'il y revenait jamais. Mais, par malheur, cet enfant ignorait ou n'avait pu se persuader qu'il ne faut pas faire le mal, même lorsqu'on est seul, parce que Dieu est toujours auprès de nous, et qu'il voit tout ce que nous faisons. Un jour que son père était sorti, croyant n'avoir pas de témoins, et qu'ainsi personne ne le punirait, il remplit sa poche de cailloux et se mit à les lancer de tous les côtés.

Dans le même temps, M. Verneuil était dans son jardin avec son fils.

Gaspard avait le défaut de croire, comme Silvestre, que c'était assez de ne pas faire le mal devant les autres, et que, lorsqu'on était seul, on pouvait faire tout ce qu'on voulait. Son père avait un fusil chargé pour tirer aux moineaux qui venaient manger ses cerises, et il se tenait sous un berceau pour les guetter. Dans ce moment, un domestique vint lui dire qu'un étranger l'attendait dans le salon. Il laissa le fusil sous le berceau, et il défendit expressément à Gaspard d'y toucher. Gaspard, se voyant seul), se dit à lui-même : Je ne vois pas le mal qu'il y aurait à jouer un moment avec ce fusil. En disant ces mots, il le prit, et se mit à faire l'exercice comme un soldat. Il présentait les armes, il se reposait sur ses armes; il voulut essayer s'il saurait aussi coucher en joue et ajuster.

Le bout de son fusil était tourné par hasard vers le jardin de M. Dubois. Au moment où il allait fermer l'œil gauche pour viser, un caillou, lancé par Silvestre, vint le frapper droit à cet œil. Gaspard, saisi d'effroi et de douleur, laissa tomber son fusil. Le coup partit, et aye! aye! on entendit des cris dans les deux jardins.

Gaspard avait reçu une pierre dans l'œil; Silvestre reçut oute la charge du fusil dans une jambe. L'un devint borgne, l'autre boiteux; et ils restèrent dans cet état toute leur vie.

Fabien. Ah! le pauvre Silvestre! le pauvre Gaspard! que je les plains!

M. de la Ferrière. Ils étaient effectivement fort à plaindre; mais je suis encore plus sensible au malheur de leurs parents, d'avoir eu des enfants indociles et disgraciés. Dans le fond, ce fut un vrai bonheur pour ces deux petits vauriens d'avoir eu cette mésaventure.

Fabien. Et comment donc, papa?

M. de la Ferrière. Je vais te le dire. Si Dieu n'avait de bonne heure puni ces enfants, ils auraient toujours continué de faire le mal lorsqu'ils se seraient vus seuls; au lieu qu'ils apprirent par cette expérience que tout le mal que les hommes ne voient pas, Dieu le voit et le punit.

C'est d'après cette leçon qu'ils devinrent prudents et

religieux, qu'ils évitaient de mal faire dans la plus grande
solitude, comme s'ils avaient vu s'ouvrir sur eux tous les
yeux de l'univers.

Et c'était bien aussi le dessein de Dieu en les punissant
de cette manière; car ce bon père ne nous châtie que dans
la vue de nous rendre meilleurs.

FABIEN. Voilà un œil et une jambe qui me rendront sage.
Je veux éviter le mal et pratiquer le bien, quand même je
ne verrais personne auprès de moi. Et, en disant ces
mots, ils arrivèrent à la porte de leur maison.

LES MAÇONS SUR L'ÉCHELLE.

Monsieur Durand se promenant un jour avec le petit
Albert, son fils, dans une place publique, ils s'arrêtèrent
devant une maison qu'on bâtissait, et qui était déjà élevée
jusqu'au second étage.

Albert remarqua plusieurs manœuvres placés l'un au-
dessus de l'autre sur les bâtons d'une échelle, qui haus-
saient et baissaient successivement leurs bras. Ce spectacle
piqua sa curiosité. — Mon papa, s'écria-t-il, quel jeu font
ces hommes-là? Approchons-nous un peu du pied de
l'échelle.

Ils allèrent se placer dans un endroit où ils n'avaient
aucun danger à craindre. Ils virent un homme qui allait
prendre un moellon dans un grand tas, et le portait à un
autre homme placé sur le premier échelon. Celui-ci,

élevant ses bras au-dessus de sa tête, présentait le moellon à un troisième élevé au-dessus de lui, qui, par la même opération, le faisait passer à un quatrième; et ainsi, de mains en mains, le moellon parvenait en un moment à la hauteur de l'échafaud sur lequel étaient les maçons prêts à l'employer.

— Que penses-tu de ce que tu vois? dit M. Durand à son fils. Pourquoi tant de personnes sont-elles employées à bâtir cette maison? Ne serait-il pas mieux qu'un seul homme y travaillât, et que les autres allassent faire chacun leur édifice?

— Vraiment, oui, mon papa, répondit Albert. Il y aurait alors bien plus de maisons qu'il n'y en a.

— As-tu bien pensé, répondit M. Durand, à ce que tu me dis là, mon fils? Sais-tu combien d'arts et de métiers appartiennent à la construction d'une maison comme celle-ci? Il faudrait donc qu'un homme seul, qui entreprendait l'édifice, se formât dans toutes ces professions : en sorte qu'il passerait sa vie entière à acquérir ces diverses connaissances, avant de pouvoir être en état de commencer un bâtiment.

Mais supposons qu'il pût s'instruire en peu de temps de tout ce qu'il doit savoir pour cela. Voyons-le tout seul, et sans secours, creuser d'abord la terre pour y jeter ses fondements, aller chercher ensuite ses pierres, les travailler, gâcher le mortier, le plâtre et la chaux, et préparer tout ce qui doit entrer dans la maçonnerie. Le voilà qui, plein d'ardeur, dispose ses mesures, dresse ses échelles, établit

4

ses échafauds; mais dans combien de temps penses-tu que
sa maison puisse être élevée jusqu'au toit?

— Ah! mon papa! je crains bien qu'il ne vienne jamais
à bout de l'achever.

— Tu as raison, mon fils; et il en est de cette maison
comme de tous les travaux de la société. Lorsqu'un homme
veut se retirer à l'écart et travailler pour lui seul; lorsque,
dans la crainte d'être obligé de prêter ses secours aux autres, il refuse d'en emprunter de leur part, il ruine ses
forces dans son entreprise, et se voit bientôt contraint de
l'abandonner. Au lieu que si les hommes se prêten
mutuellement leur assistance, ils exécutent en peu de
temps les choses les plus embarrassées et les plus pénibles,t
et pour lesquelles il aurait fallu le cours d'une vie entière
à chacun d'eux en particulier.

Il en est aussi de même des plaisirs de la vie. Celui qui
voudrait en jouir tout seul n'aurait à se procurer qu'un bien
petit nombre de jouissances. Mais que tous se réunissent
pour contribuer au bonheur les uns des autres, chacun y
trouve sa portion.

Tu dois un jour entrer dans la société, mon fils : que
l'exemple de ces ouvriers soit toujours présent à la mémoire.
Tu vois combien ils s'abrégent et se facilitent leurs
travaux par les secours mutuels qu'ils se donnent. Nous
repasserons dans quelques jours, et nous verrons leur
maison achevée. Cherche donc à aider les autres dans leurs
entreprises, si tu veux qu'ils s'empressent à leur tour de
travailler pour toi.

JULIEN ET ROSINE.

Un jour que M. de Lorme s'amusait à lire dans un coin du salon, où sa femme et sa fille travaillaient en silence à quelque ouvrage de broderie, leur petit Julien arrive essoufflé, les yeux troubles de larmes, les cheveux en désordre, son habit jeté en travers sur ses épaules, et l'un de ses bas roulé sur le talon. Il tenait une raquette à la main : Ma petite maman, venez, venez vite chez la pauvre mère de Christophe et de Frédéric. Ah! maman! ils n'ont rien mangé de la journée! Frédéric m'a prié de jouer à la balle avec lui pour oublier qu'il avait faim, et ils n'auront à dîner que demain après le marché. Je leur ai offert tout mon argent. Croiriez-vous qu'ils n'ont pas voulu le prendre? et je leur ai dit : Venez avec moi, vous verrez. Aussitôt ils ont répondu que nous les avions encore secourus la semaine dernière, et qu'ils n'osaient venir si souvent vous importuner ; et puis la pauvre mère Martin s'est mise à pleurer... Mais il ne faut pas que je pleure, car mon papa travaille. (*En pleurant encore plus fort.*) Ah! ma sœur, si tu l'avais vue, tu aurais aussi pleuré, je t'assure. Et Julien, se baissant vers elle, prit un coin de son tablier pour s'essuyer les yeux.

La mère attendrie laissa tomber son ouvrage de ses mains, en regardant son cher Julien, et le père, pour cacher une larme, se couvrit les yeux de son livre. Venez,

mes enfants, leur dit la mère en les serrant tous deux
contre son cœur ; allons voir si nous pourrons soulager ces
pauvres malheureux.

Pendant que Frédéric, Christophe et leur mère éplorée
embrassaient les genoux de leur bienfaitrice, Rosine tira
doucement son frère par le pan de son habit, et lui dit bas
à l'oreille : Ecoute, tu sais bien ce petit gâteau que ma
bonne nous a donné pour notre goûter... — Ah ! mon
Dieu ! s'écria Julien en se retournant tout à coup, cela est
vrai. Tâche d'amuser ici maman sans faire semblant de
rien : je cours le chercher. — Le voilà, reprit Rosine,
baisse-toi. Et Rosine, soulevant en cachette le chapeau de
Frédéric, qui s'était par hasard trouvé sur la table, fit remarquer à Julien le petit gâteau que sa main légère avait
adroitement glissé par-dessous.

LE RAMONEUR.

Une servante imbécile avait farci l'esprit des enfants de
ses maîtres de mille contes ridicules sur un homme à tête
noire.

Angélique, l'une de ces enfants, vit un jour, pour la
première fois, un ramoneur entrer dans la maison. Elle
poussa un grand cri, et courut se réfugier dans la cuisine.
A peine s'y fut-elle cachée, que l'homme noir y entra sur
ses pas.

Saisie d'une mortelle frayeur, elle se sauve par une autre

porte dans l'office, et toute tremblante se tapit dans un coin. Elle n'était pas encore revenue à elle-même lorsqu'elle entendit l'homme effrayant chanter d'une voix tonnante, en râclant à grand bruit les pierres de l'intérieur de la cheminée.

Dans un nouvel effroi, elle s'élance de l'endroit où elle était cachée, et sautant par une fenêtre basse dans le jardin, elle court à perte d'haleine vers le fond du bosquet, et tombe presque sans mouvement au pied d'un gros arbre. Là, d'un œil effaré, elle n'osait qu'à peine regarder autour d'elle; tout à coup, sur le haut de la cheminée, elle vit encore s'élever l'homme noir.

Alors elle se mit à crier de toutes ses forces : Au secours! au secours! Son père accourut, et lui demanda ce qu'elle avait à crier. Angélique, sans avoir la force d'articuler un seul mot, lui montra du bout du doigt l'homme noir assis à califourchon sur la cheminée.

Son père sourit; et pour prouver à la petite fille combien peu elle avait raison de s'effrayer, il attendit que le ramoneur fût descendu, puis il le fit débarbouiller en sa présence, et sans autre explication, lui montra de l'autre côté son perruquier qui avait le visage tout blanc de poudre.

Angélique rougit, et son père profita de cette occasion pour lui apprendre qu'il existait réellement des hommes à qui la nature donnait un visage tout noir, mais qui n'étaient point à craindre pour les enfants; qu'il y avait même un pays où les enfants étaient communément nourris par des femmes noires comme du jais, sans que leur teint perdît sa blancheur.

Dès ce moment, Angélique fut la première à rire de tous les contes bizarres que des personnes simples et crédules lui faisaient pour l'effrayer.

LE TRICTRAC.

Grande fut la joie de Sophie et d'Adrien quand M. de Ponthis leur donna un petit trictrac de bois d'acajou, avec des dames d'ébène et d'ivoire, trois jetons de nacre, deux cornets de maroquin, et quelques paires de jolis dés anglais.

Les enfants ne connaissaient pas encore ce jeu; ils prièrent leur papa de leur en donner les premières leçons. M. de Ponthis, qui se mêlait volontiers à tous leurs plaisirs, s'en fit un de les satisfaire. Il jouait alternativement avec l'un et avec l'autre, et celui qui ne jouait pas regardait la partie pour s'instruire.

Je me garderai bien de vous dire comment ils comptaient d'abord du bout du doigt le nombre des points imprimés sur les dés; je ne marquerai pas non plus les écoles qu'ils firent dans le commencement; j'aime mieux vous apprendre qu'au bout d'un mois ils savaient joliment la marche du jeu. Bientôt ils furent en état de jouer seuls ensemble. Sophie était de la première force de son âge pour le *petit-jan;* Adrien, plus ambitieux, tournait toutes ses prétentions vers le *jan de retour.* Peu à peu ils en vinrent

au point de n'avoir plus recours à leur papa que dans les
grandes difficultés.

Il était un jour témoin de leur partie. Adrien, après quelques mauvais coups, avait perdu la tête, et semblait jouer
à reculons. Sophie, qui se possédait à merveille, menait la
bredouille grand train.

Adrien, en faisant rouler les dés dans son cornet avant
de les pousser, ne manquait jamais de nommer les points
qu'il lui aurait fallu pour battre ou pour remplir. Cinq et
quatre! six et trois! Point du tout, c'était deux et as, terne
ou double deux qui venaient. Il frappait du pied contre
terre, fracassait les dames, jetait le cornet après les dés, et
s'écriait : Voyez si l'on peut être plus malheureux! c'est
bien jouer de guignon!

Sophie, au contraire, sans appeler ses dés, cherchait à
s'en procurer un grand nombre de favorables. Se voyait-
elle trompée dans son attente, au lieu de se troubler elle-
même par des lamentations inutiles, elle réfléchissait sur le
moyen de parer cet accident. Il lui arrivait quelquefois
d'en tirer de nouvelles ressources, et l'on était tout sur-
pris de lui voir rétablir, en un clin d'œil, le jeu le plus
désespéré.

Lorsque la victoire se fut déclarée pour elle avec tous les
honneurs du triomphe, elle sortit, par modestie, pour se
dérober à sa gloire. Adrien, honteux de sa défaite, n'osait
lever les yeux vers son papa. M. de Ponthis lui dit froide-
ment : Adrien, tu as bien mérité de perdre cette partie.

— Il est vrai, mon papa, celle-là et toutes les autres,
pour jouer contre quelqu'un qui a tant de bonheur.

— Il semblerait, à t'entendre, que c'est le hasard qui décide absolument de tout à ce jeu.

— Non, mon papa; mais on n'amène que des points faits exprès, comme Sophie.

— Il était difficile qu'elle en eût de contraires, de la manière dont elle avait su disposer ses dames. Tu n'as fait attention qu'à ses dés, au lieu de remarquer la marche de son jeu. Que dirais-tu d'un jardinier qui, gouvernant ses arbres au hasard et sans accommoder ses travaux aux variétés des saisons, se plaindrait de ce que ses fruits ne réussissent pas comme ceux de son voisin, attentif à profiter de toutes ces circonstances pour l'avantage de sa culture?

— Oh! mon papa, c'est bien différent.

— Et en quoi? Voyons.

— Je ne veux pas vous le dire, mais je le sens bien.

— Je suis honteux pour toi de te voir employer ces ressources des petits esprits pour défendre leur opiniâtreté dans une mauvaise cause. As-tu réellement vu dans la comparaison que je viens d'employer quelque chose qui l'empêche de se rapporter au sujet dont il était question? Je veux que tu me le dises.

— Eh bien! non, mon papa; je n'y avais seulement pas réfléchi. C'était pour n'avoir pas l'air d'être confondu.

— Tu vois ce que l'on gagne à ces lâches détours. On n'avait que le tort d'un défaut de justesse dans le cœur! en employant ce faible subterfuge auprès de quelqu'un de raisonnable, crois-tu qu'il en soit la dupe? Jamais il n'y voit que de la petitesse auprès de la raison. On aurait pu d'abord attendre au moins de lui de la pitié; il ne ressent plus que du mépris, sans compter celui qu'on doit s'inspirer à soi-même.

— Mon père, c'est bien dur ce que vous me dites là !

— Tu sais que je suis sans ménagement pour tout ce qui peut tenir du plus loin à l'injustice ou à la bassesse. On ne reçoit ces leçons que d'un père; et je les donne avec amitié, pour qu'un autre n'ait pas occasion de te les donner avec aigreur. L'aveu que tu m'as fait à la première instance, et d'un mouvement franc de ton âme, me persuade que tu n'auras jamais besoin d'un autre avis. Viens m'embrasser, Adrien.

— De tout mon cœur, mon papa! je sens que vous me sauvez bien des affronts.

— Je n'ai vu que ce moyen de les prévenir. Mais revenons encore à la comparaison dont j'avais fait usage. Nous pourrons, j'espère, en tirer une instruction plus étendue.

— Voyons, voyons, mon papa! je ne vous ferai pas de mauvaise chicane; mais si je la vois tant soit peu clocher, vous me permettrez bien...

— Je ne demande pas mieux, mon ami; je serai charmé de te voir des idées plus justes : crois qu'un noble amour-propre peut encore trouver quelque satisfaction dans l'aveu même d'une erreur. Il ne se fait point un grand amour pour la vérité, sans un vif sentiment de justice, et la raison qui sait se relever d'une chute est tout près d'en venir à ne plus broncher.

— Je vois qu'il me faut encore longtemps tenir la bride serrée à la mienne.

— Fort bien; mais lâche un peu les rênes à ton imagination pour me suivre : je te disais qu'un joueur de trictrac
doit faire pour son jeu comme un jardinier habile pour son
jardin. Si l'un ne songe d'abord qu'à donner une belle tige
à son arbre, et à bien développer ses branches pour y
recueillir plus de fruits, l'autre ne s'occupe au commencement qu'à fournir ses cases, et à placer ses dames dans un
ordre avantageux, pour faire aisément son plein, le
ménager lorsqu'il est fait, et en tirer le plus grand nombre
de points qu'il puisse rapporter. L'événement des dés ne
dépend pas plus de l'un que les variations du temps ne
dépendent de l'autre; mais ce qui dépend également de tous
les deux, c'est de se tenir en garde contre les incertitudes
du temps, de n'y exposer qu'avec précaution l'objet de
leurs travaux. Le cours d'une partie est mêlé de hasards
favorables ou contraires, comme celui d'une saison d'in-
fluences malignes ou bienfaisantes. Les chances heureuses
ressemblent à ces chaleurs douces qui préparent la fertilité,
et les revers subits de fortune à ces tempêtes soudaines qui
menacent la végétation. L'habileté suprême est de prévoir
ces vicissitudes; de découvrir à propos, l'un son jeu, l'autre son espalier, lorsqu'il n'y a point de danger à craindre,
pour hâter leur croissance, et de les garantir ensuite avec
soin lorsque la partie ou le temps deviennent orageux.

— Fort bien, mon papa! jusqu'ici tout cadre à merveille :
mais dans une partie de trictrac un bon joueur ne profite
pas seulement de ses propres avantages, il profite encore
des fautes et des écoles de son adversaire; au lieu que le
jardinier joue tout seul dans votre comparaison.

— Il est vrai; mais une comparaison ne peut jamais embrasser tous les rapports. La mienne se borne à tous ceux que je viens d'indiquer.

— Croyez-vous? Eh bien! je vais la pousser plus loin, moi : je regarde tous les jardiniers d'un village comme jouant entre eux à qui portera le plus de fruits au marché : celui qui sait le mieux conduire son jeu en aura de plus précoces, de plus beaux et en plus grand nombre; il les vendra mieux si les autres, par ignorance ou par des écoles, en ont moins à vendre; et c'est lui qui gagnera la partie.

— Comment donc! voilà qui est fort juste, mon fils. Tu vois quels avantages on peut retirer d'un entretien si raisonnable, où l'on ne cherche pas à se tendre des piéges l'un à l'autre par une méprisable vanité, mais à s'instruire mutuellement et à s'éclairer par un échange de lumières. Je n'avais aperçu qu'une des faces de l'objet que je te présentais; en y attirant tes regards, je t'ai donné l'occasion d'en apercevoir une qui m'avait échappé, et qui pourrait m'en faire découvrir d'autres à mon tour. Les sciences ne sont ainsi formées que par l'assemblage graduel de toutes les diverses idées que la méditation a fait naître dans l'esprit de ceux qui les cultivent. Je les compare à des lampes qui brûleraient devant des réverbères à mille facettes inégales, mais dont chacune réfléchirait vers un foyer commun les rayons qu'elle reçoit. C'est le faisceau de tous ces traits, plus ou moins vifs, mais tous fortifiés l'un par l'autre, qui fait le grand éclat de lumière qu'on voit briller au point de leur réunion : je serai ravi que tu t'accoutumes de bonne heure à considérer les objets que tu veux connaître par les rapports avec d'autres qui te sont familiers ; à les bien confronter ensemble, et à saisir nettement dans cette comparaison tout ce qui les rapproche ou les éloigne. Cette méthode est la plus naturelle, la plus féconde et la plus sûre : c'est elle qui, appliquée à l'exercice de l'imagination, a formé les Homère, les Milton, les Arioste et les Voltaire ; à l'étude profonde du cœur humain, les Shakspeare, les Molière, les Racine et les La Fontaine ; à l'observation infinie de la nature, les Aristote, les Bonnet et les Buffon ; à la méditation des lois, du développement des sociétés et des empires, les Montesquieu, les Rousseau, les Ferguson et les Mably ; enfin, à la pénétration des mystères de l'ordre sublime de l'univers, les Copernic, les Newton, les Kepler, les Halley, les Bernouilli, les Euler, les d'Alembert et les Franklin : tous les premiers hommes dans les divers genres des hautes connaissances, dont je me plais à te citer déjà les noms et la gloire, pour t'inspirer la noble ardeur de t'instruire un jour dans leurs ouvrages immortels.

LES OIES SAUVAGES.

Le jeune Raimond voyait un jour une troupe d'oies sauvages qui traversaient les airs à demi cachées dans les nues, et il admirait la hauteur et l'ordre de leur vol.

M. de Laval se trouvait en ce moment près de lui.

— Mon papa, lui dit Raimond, vous prenez soin de faire

nourrir les oies que nous avons dans notre basse-cour;
mais les oies sauvages, qui les nourrit?

— Personne, mon ami.

— Comment font-elles donc pour vivre?

— Elles cherchent elles-mêmes leur nourriture. N'ont-
elles pas des ailes?

— Celles de notre basse-cour en ont aussi. D'où vient
qu'elles ne savent pas voler?

— C'est que toutes les bêtes apprivoisées sont des
animaux dégénérés, qui ont perdu en partie l'usage de
leurs forces et de leur instinct.

— Elles ne doivent pourtant pas se trouver plus à plaindre, puisque Marguerite leur fournit abondamment tout ce
qu'il leur faut.

— Il est vrai, mon fils, qu'on les nourrit avec soin; mais
tu sais dans quelles vues : pour les manger aussitôt qu'elles
sont engraissées. Les autres ne craignent pas ce malheur.
En se procurant toutes seules leurs aliments, elles peuvent
jouir de tous les droits de la liberté. Il en est ainsi de la
vie sociale. Un homme qui serait assez lâche pour se
reposer entièrement sur les autres du soin de sa subsistance
perdrait toute l'énergie de son esprit, et serait obligé de se
vendre pour un morceau de pain. Celui qui se sent au contraire assez de courage pour pourvoir lui-même à ses
nécessités, jouit d'une noble indépendance, et ne perd rien
de la vigueur de son âme. Ce n'est pas que chacun de nous
doive vivre à part, uniquement occupé de lui-même. Ces
oiseaux, dont je te propose l'exemple, forment entre eux
des sociétés fort bien réglées. On les voit couver les œufs

et soigner les petits des mères qui perdent la vie par quelque malheur. Ils se soutiennent aussi mutuellement lorsqu'ils sont fatigués dans leur vol. Chacun se met à son
tour à la tête de la troupe pour guider les autres et leur
faciliter le voyage. Raimond, ces deux espèces d'oiseaux
n'en formaient qu'une originairement. Tu vois quelle différence a mise entre eux leur manière de vivre.

— O mon papa! ne me parlez pas de ramper dans une
basse-cour. Vivent ceux qui savent fendre les airs!

LES TROIS GATEAUX.

Il y avait un enfant qui s'appelait Henri. C'était un fort
joli petit garçon, et il aimait plus encore ses livres que ses
joujoux. Il fut un jour le premier de sa classe. Sa maman
en fut toute joyeuse. Elle y rêva toute la nuit de plaisir, et
le lendemain elle envoya un petit pâtissier lui porter un
énorme gâteau d'amandes, de pistaches et de citrons confits.
Lorsque le petit Henri l'aperçut, il sauta autour de lui en
frappant dans ses mains. Il n'eut pas la patience d'attendre
qu'on lui donnât un couteau pour le couper; il se mit à le
ronger à belles dents, comme un petit chien. Il mangea
jusqu'à ce que la cloche sonnât l'heure de l'étude; et lorsque l'étude fut finie, il se remit à manger. Il en mangea
encore jusqu'à l'heure de se mettre au lit. Un de ses camarades m'a même assuré que Henri, en se couchant, mit le
gâteau sous son chevet, et qu'il se réveilla plusieurs fois la

nuit pour le grignoter. Mais il est très-sûr, au moins, que le lendemain au point du jour il recommença de plus belle, et qu'il continua ce train toute la matinée, jusqu'à ce qu'il ne restât plus une seule miette de ce grand gâteau. L'heure du dîner arriva; Henri n'avait plus d'appétit, et il voyait avec jalousie le plaisir que prenaient les autres enfants à faire ce repas. Ce fut bien pis encore à l'heure de la récréation. On venait lui proposer des parties de boule, de paume, de volant : il n'avait pas envie de jouer, et ses compagnons jouèrent sans lui, quoiqu'il en crevât de dépit. Il ne pouvait plus se soutenir sur ses jambes; il s'assit dans un coin d'un air boudeur, triste, pâle, abattu. Le principal, très-inquiet, eut beau le questionner sur la cause de son mal, Henri ne voulut point l'avouer. Heureusement on découvrit que sa maman lui avait envoyé un grand gâteau, qu'il s'était dépêché de le manger, et que tout le mal venait de sa gourmandise. On envoya aussitôt chercher le médecin, qui lui fit avaler je ne sais combien de drogues plus amères les unes que les autres. Le pauvre Henri les trouvait bien mauvaises; mais il fut obligé de les prendre, de peur de mourir, ce qui lui serait infailliblement arrivé. Au bout de quelques jours de remèdes et d'un régime très-rigoureux, sa santé se rétablit enfin; mais sa maman protesta qu'elle ne lui enverrait plus de gâteaux.

Il y avait aussi dans la pension de Henri un autre enfant qui s'appelait François. François avait écrit à sa maman une lettre fort jolie, où il n'y avait pas une seule rature. Sa maman, en récompense, lui envoya aussi, le dimanche suivant, un gâteau; François dit en lui-même : Je ne veux pas me rendre malade comme ce goulu de Henri. Je ferai durer mon plaisir plus longtemps. Il prit le gâteau, qu'il eut beaucoup de peine à porter, et il alla l'enfermer dans son armoire. Tous les jours, pendant les heures de récréation, il s'esquivait adroitement d'entre ses camarades, montait sur la pointe du pied dans sa chambre, coupait un morceau de son gâteau, et renfermait le reste à double tour. Il continua de même jusqu'au bout de la semaine, et le gâteau n'en était encore qu'à moitié, tant il était grand ! Mais qu'arriva-t-il ? A la fin le gâteau se dessécha et se moisit ; les fourmis trouvèrent aussi le moyen de s'y glisser pour en avoir leur part ; en sorte que bientôt il ne valut plus rien du tout, et François fut obligé de le jeter en pleurant de regret ; mais personne n'en fut fâché pour lui.

Il y avait encore dans la même pension un enfant dont le nom était Gratien. Lui reçut aussi un gâteau de sa maman. Aussitôt que la pâtisserie fut arrivée, Gratien dit à ses camarades : Venez voir ce que m'envoie maman, il faut tous en manger. Ils ne se le firent pas répéter deux fois ; ils coururent autour du gâteau comme tu vois les abeilles voltiger autour de la fleur qui vient d'éclore. Gratien coupa une partie du gâteau en autant de portions qu'il y avait de ses petits amis. Ensuite il prit le reste, et dit : Voici ma portion à moi, je la mangerai demain. Il alla jouer, et tous les autres s'empressèrent de jouer avec lui à tous les jeux qu'il voulait choisir.

Un quart d'heure après, il vint dans la cour un vieux pauvre avec son violon. Il avait une longue barbe toute blanche ; et comme il était aveugle, il se faisait conduire par un petit chien qu'il tenait au bout d'une longue corde. Lorsque le vieil aveugle se fut assis sur une pierre et qu'il eut entendu les enfants autour de lui, il leur dit : Mes petits messieurs, si vous voulez, je vais vous jouer les plus jolis airs que je sais. Les enfants ne demandaient pas mieux. Le vieillard accorda son violon, et il leur joua des airs de sarabandes et de toutes les chansons nouvelles de l'ancien temps. Gratien s'aperçut que, tandis qu'il jouait les airs les plus gais, une grosse larme tombait le long de ses joues, et lui dit : Bon vieillard, pourquoi pleures-tu? Le vieillard lui répondit : Parce que j'ai bien faim. Je n'ai personne dans le monde qui nous donne à manger, à mon chien ni à moi. Si je pouvais travailler pour nous faire vivre tous deux! mais j'ai perdu mes yeux et mes forces. Hélas! j'ai travaillé jusqu'à ma vieillesse, et aujourd'hui je n'ai pas de pain. — Gratien pleurait comme le vieillard. Il s'en alla sans rien dire, et courut chercher le reste du gâteau qu'il avait gardé pour lui; puis il revint tout joyeux, et mit le gâteau dans les mains du vieillard. Le pauvre aveugle posa son violon à terre, essuya ses yeux, et se mit à manger. A chaque morceau qu'il portait à sa bouche, il en réservait pour le petit chien fidèle qui venait dîner dans sa main. Et Gratien, heureux, debout à son côté, souriait de plaisir.

LES BOTTES CROTTÉES.

Le jeune Constantin, fier de sa haute naissance, ne se contentait pas de mépriser, dans son opinion, toute les personnes d'une condition inférieure; il se donnait quelquefois les airs de leur témoigner ouvertement ses mépris. Il voyait l'autre jour un domestique occupé à nettoyer les souliers de son père. — Fi! lui dit-il en passant, le vilain métier! Je ne voudrais pour rien au monde être décrotteur. — Vous avez raison, Monsieur, lui répondit Picard; aussi j'espère bien n'être jamais le vôtre.

Le temps avait été fort mauvais pendant toute la semaine; mais vers midi le ciel s'éclaircit, et Constantin obtint de son papa la permission d'aller se promener à cheval; ce qui lui fit d'autant plus de plaisir que sa cavalcade avait été interrompue la veille par une pluie affreuse, en sorte que ses bottes n'avaient pas encore eu le temps de sécher.

Transporté de joie, il descendit précipitamment à la cuisine, en criant d'un ton impérieux : Picard, je vais monter à cheval; cours nettoyer mes bottes. Eh bien! m'obéis-tu? Picard ne fit pas semblant de l'entendre, et continua tranquillement son déjeuner. Constantin eut beau s'emporter contre lui, et l'accabler des injures les plus grossières, Picard se contenta de lui répondre d'un grand sang-froid : Je vous ai déjà dit, Monsieur, que j'espérais n'être jamais votre décrotteur.

M. Constantin, voyant qu'il n'en pouvait rien obtenir malgré ses menaces, retourna plein de rage vers son papa lui porter des plaintes de cette désobéissance. M. de Marsan, qui ne pouvait comprendre pourquoi son domestique refusait de remplir des fonctions comprises dans son emploi, et dont il s'acquittait tous les jours sans attendre de nouveaux ordres, fit appeler Picard, qui lui raconta ce qui s'était passé entre Constantin et lui. Sa conduite fut approuvée de M. de Marsan; et après avoir blâmé celle de son fils, il lui dit qu'il n'avait qu'à nettoyer ses bottes de ses propres mains, ou prendre le parti de rester à l'hôtel. Il défendit en même temps à tous les domestiques de l'aider dans cette opération. Cela vous apprendra, Monsieur, ajouta-t-il, combien il est cruel de ravaler des services utiles à notre bien-être, dont vous devriez adoucir la rigueur par un ton honnête et des égards généreux. Si cet état vous paraît vil, vous l'ennoblirez en l'exerçant aujourd'hui pour vous-même.

Cette sentence convertit en un chagrin amer toute la joie que Constantin venait d'éprouver. Il aurait bien voulu monter à cheval; le temps était devenu si serein! mais décrotter lui-même ses bottes! il ne pouvait s'y résoudre. D'un autre côté, son orgueil ne lui permettait pas de sortir avec des bottes crottées, pour être un objet de ridicule à tous les cavaliers qu'il trouverait sur son chemin. Il s'adressa successivement à tous les domestiques, dont il voulut corrompre, à prix d'argent, la fidélité; mais aucun

n'osait enfreindre les ordres de son maître. Ainsi Constantin
fut obligé de rester à la maison, jusqu'à ce que sa fierté se
fût enfin abaissée à remplir les conditions qu'on avait
exigées. Picard reprit de lui-même le lendemain ses fonctions ordinaires; et Constantin, après les avoir exercées
une fois, ne s'avisa plus de chercher à les avilir.

LES FRAISES ET LES GROSEILLES.

Le petit Anselme avait entendu dire à son père que les
enfants ne savaient rien de ce qui pouvait leur convenir, et
que toute leur sagesse était de suivre les conseils des personnes au-dessus de leur âge. Mais il n'avait pas voulu
comprendre cette leçon, ou peut-être l'avait-il oubliée.

On avait partagé entre son frère Prosper et lui un petit
carreau du jardin, afin que chacun eût sa portion de terre
en propre. Il avait été permis d'y semer ou d'y planter tout
ce qu'ils voudraient.

Prosper se souvenait à merveille de l'instruction de son
père. Il alla trouver le jardinier, et lui dit : Mon ami Rufin,
dis-moi, je te prie, ce que je dois planter dans mon jardin,
et comment il faut m'y prendre. Rufin lui donna des
ognons et des graines choisies. Prosper courut aussitôt les
mettre en terre. Rufin eut la complaisance d'assister à ses
travaux et de les diriger.

Anselme levait les épaules de la docilité de son frère. —
Voulez-vous, lui dit le jardinier, que je fasse aussi quelque

chose pour vous? — Fi donc! lui répondit Anselme; j'ai
bien besoin de vos leçons! Il alla cueillir des fleurs, et les
planta par la tige dans la terre. Rufin le laissa faire comme
il voulut.

Le lendemain, Anselme vit que toutes ses fleurs étaient
fanées et penchaient tristement leur front. Il en planta
d'autres qui furent dans le même état le jour d'après. Il
fut bientôt dégoûté de cette manœuvre. C'était en effet
acheter assez cher le plaisir d'avoir des fleurs dans son
jardin. Il cessa d'y travailler, et la terre ne tarda guère à
se couvrir d'orties et de chardons.

Vers le milieu du printemps, il aperçut sur le terrain de
son frère quelque chose de rouge suspendu à des bouquets
d'herbes. Il s'approcha : c'étaient des fraises du plus beau
pourpre et d'un goût exquis. — Ah! s'écria-t-il, si j'en
avais aussi planté dans mon jardin!

Quelque temps après, il vit de petites graines d'une couleur vermeille qui pendaient en grappes entre les feuilles
d'un épais buisson. Il s'approcha : c'étaient des groseilles
appétissantes, dont la seule vue réjouissait le cœur. — Ah!
s'écria-t-il encore, si j'en avais planté dans mon jardin! —
Manges-en, lui dit son frère, comme si elles étaient à toi.

— Il ne tenait qu'à vous, ajouta le jardinier, d'en avoir
d'aussi belles. Ne méprisez plus à l'avenir les avis de personnes plus expérimentées que vous

LE CADEAU.

C'est bientôt la fête de mon frère Denis, disait un jour la petite Victoire à madame de Saint-Marcel sa mère. Je ne sais que lui offrir pour bouquet. Ne pourriez-vous pas me donner quelque chose, maman, pour lui faire un cadeau?

MADAME DE SAINT-MARCEL. Je le pourrais, sans doute, ma fille; mais j'aime bien autant lui faire ce cadeau moi-même. Crois-tu que je goûte moins de plaisir que toi à donner? Et puis, fais une petite réflexion. Si je te remets quelque chose pour lui en faire cadeau, c'est moi qui fais le cadeau, et non pas toi.

VICTOIRE. Cela est vrai, maman : mais je voudrais pourtant bien avoir quelque présent à lui faire.

MADAME DE SAINT-MARCEL. Eh bien! Victoire, voyons. Comment faut-il nous y prendre? N'as-tu pas quelque chose à toi? Ton petit oranger, par exemple?

VICTOIRE. Mon oranger, maman, qui me fournit des fleurs pour tous mes bouquets?

MADAME DE SAINT-MARCEL. Et ton agneau?

VICTOIRE. O maman! mon agneau, qui me caresse avec tant d'amitié, et qui me suit partout?

MADAME DE SAINT-MARCEL. Et tes tourterelles?

VICTOIRE. Vous savez bien que je les ai nourries au sortir de l'œuf. Ce sont mes enfants à moi.

MADAME DE SAINT-MARCEL. Tu n'as donc rien à donner à ton frère?

VICTOIRE. Pardonnez-moi, maman.

MADAME DE SAINT-MARCEL. Et quoi donc?

VICTOIRE. Vous souvenez-vous de cette bourse à glands et à paillons d'or que ma tante m'a donnée pour mes étrennes? Elle est bien belle au moins.

MADAME DE SAINT-MARCEL. Cela est vrai. Mais penses-tu que ce présent fût bien agréable à ton frère? Il ne peut en faire usage de longtemps. Tu te rappelles bien que toi-même, lorsque tu la reçus, tu la serras dans le fond d'un tiroir pour ne l'en tirer qu'au bout de quelques années.

VICTOIRE. Mais, maman, c'est toujours un joli cadeau.

MADAME DE SAINT-MARCEL. Non, ma fille; un joli cadeau, c'est lorsque nous donnons par amitié une chose qui nous fait plaisir à nous-mêmes, et qui doit faire aussi plaisir à celui à qui nous la donnons.

VICTOIRE. Faut-il donc que je donne à mon frère tout ce que j'aime?

MADAME DE SAINT-MARCEL. Non; tu peux donner autant ou si peu que tu veux, pourvu que tu y mettes de l'amitié et de la grâce.

VICTOIRE *réfléchit pendant quelques moments, et elle dit :* Eh bien! je cueillerai pour le bouquet de mon frère les plus jolies fleurs de mon oranger, et je lui ferai présent de mon agneau.

MADAME DE SAINT-MARCEL. Fort bien, Victoire. Voilà qui annonce de l'amitié.

VICTOIRE. Ce n'est pas tout, maman. Je veux tous ces

jours-ci sortir avec mon frère, pour que mon agneau s'accoutume à le suivre comme moi. De cette manière l'agneau sera déjà familier avec lui quand je le lui donnerai, et mon frère ne l'en caressera qu'avec plus de plaisir.

MADAME DE SAINT-MARCEL. Embrasse-moi, ma fille. Cette attention délicate double le prix de ton présent. C'est ainsi que la moindre bagatelle devient un objet précieux lorsqu'elle est donnée avec grâce. Tu ne pouvais nous causer une plus grande joie, à moi ni à ton frère.

VICTOIRE, *avec vivacité.* Ni à moi-même non plus.

MADAME DE SAINT-MARCEL. Tu t'en réjouiras encore davantage quand le jour sera venu, car il faut bien que je sois pour quelque chose dans la fête, et je veux que tu fasses pour moi les honneurs d'une petite collation qu'on servira dans le jardin, à ton frère et à ses meilleurs amis.

Victoire baisa avec transport la main de sa maman : et de ce pas elle courut faire des rosettes d'un joli ruban rose, pour en parer l'agneau le jour qu'elle le présenterait à son frère.

LA RENTE DU CHAPEAU.

Un paysan entra un jour dans une boutique, et mettant son chapeau sur le comptoir, il pria le marchand de lui prêter six francs sur ce gage. — Me prends-tu pour un sot? lui répondit celui-ci. Je ne te prêterais pas deux sous sur une pareille guenille. — Tel qu'il soit, répliqua le paysan, je ne vous le donnerais pas pour vingt éucs; et j'ai pourtant bien besoin de l'argent que je vous demande. Il y a huit jours que je vendis ici du blé. Je devais en recevoir le montant aujourd'hui, et je comptais là-dessus pour payer demain ma taille, si je ne veux voir saisir mes meubles. Mais le pauvre homme qui me doit vient d'enterrer son fils. Sa femme est malade de chagrin, et ils ne peuvent me payer que dans huit jours. Comme j'ai pris souvent de la marchandise chez vous, et que vous me connaissez pour un honnête homme, j'ai pensé que vous ne feriez pas de difficulté de me prêter les six francs dont j'ai besoin. Ce n'est rien pour vous, et c'est beaucoup pour moi. En tous cas, voilà mon chapeau qui vous en répond. C'est une caution plus sûre que vous ne pensez. Le marchand ne fit que ricaner en haussant les épaules, et lui tourna le dos sans pitié.

Le comte de *** se trouvait alors par hasard dans la boutique. Il avait écouté avec attention le discours du paysan, et avait été frappé de l'air de probité que respirait sa physionomie. Il s'approcha doucement de lui, et lui mettant six francs dans la main : Voilà ce que vous demandez, mon ami, lui dit-il. Puisque vous trouvez des gens si durs, c'est moi qui aurai le plaisir de vous obliger. Il sortit brusquement à ces mots, en lançant un regard d'indignation au marchand; et son carrosse était déjà loin avant que le paysan, immobile d'étonnement et de joie, fût revenu un peu à lui-même.

Un mois après, le comte de *** traversait le pont Royal dans sa voiture : il entendit une voix qui criait inutilement au cocher d'arrêter. Il mit la tête à la portière, et vit sur le trottoir un homme qui courait à toutes jambes en suivant le pas de ses chevaux. Il tira le cordon pour retenir la bride dans la main du cocher. Aussitôt l'homme s'élance à la portiere, et lui dit : Excusez, je vous prie, Monsieur. Je me suis mis hors d'haleine pour vous attraper. N'est-ce pas vous qui me glissâtes, il y a un mois, six francs dans la main, chez un marchand? Oui, mon ami, je m'en souviens. — Eh bien? Monsieur, voici votre argent que je vous rapporte. Vous ne m'aviez pas laissé le temps de vous remercier, et encore moins de vous demander votre nom et votre adresse. Le marchand ne vous connaissait pas. Je suis venu me poster ici tous les dimanches pour voir si je vous verrais passer. Héureusement je vous trouve. Je n'aurais jamais été tranquille si je ne vous avais pas rencontré. Que Dieu vous récompense, vous et vos enfants, du service que vous m'avez rendu! Je me félicite, lui répondit le comte, d'avoir obligé un si honnête homme; mais je vous avoue que je ne m'attendais pas à me voir rentrer cet argent. C'était un petit présent que j'avais intention de vous faire. — Je n'en savais rien, Monsieur; et puis je ne reçois point d'argent que lorsque je le gagne. Je n'avais rien fait pour vous, et vous aviez assez fait pour moi en me le prêtant. Daignez le prendre, je vous en supplie. — Non, mon ami; il n'appartient plus ni à vous ni à moi. Faites-moi le plaisir d'en acheter quelque chose pour vos enfants, et de leur présenter ce petit cadeau de ma part. — A la bonne heure, Monsieur; j'aurais mauvaise grâce de vous refuser. — Voilà qui est fini, n'en parlons plus. Mais éclaircissezmoi une chose qui n'a pas cessé de tourmenter ma curiosité depuis l'autre jour. Par quelle confiance osiez-vous demander six francs sur votre chapeau, qui vaut à péine six sous? — C'est qu'il vaut tout pour moi, Monsieur. — Et comment donc, je vous prie, mon ami? — Je vais vous en faire l'histoire.

Il y a quelques années que le fils unique du seigneur de notre village, en glissant sur les fossés du château, tomba sous la glace. Je travaillais près de là, j'entendis des cris, j'accourus, je me jetai tout habillé dans le trou, et j'eus le bonheur d'en retirer l'enfant et de le porter vivant à son père. Mon seigneur ne fut pas ingrat de ce service. Il me donna quelques arpents de terre, avec une petite somme pour y bâtir une cabane, monter mon ménage et me marier. Ce n'est pas tout : comme j'avais perdu mon chapeau dans l'eau, il posa le sien sur ma tête, en me disant qu'il aurait voulu y mettre une couronne à la place. Vous voyez à présent si je ne dois pas aimer beaucoup ce chapeau. Je ne le porte guère aux champs. Tout m'y rappelle assez la mémoire de mon bienfaiteur, quoiqu'il soit mort. Mes enfants, ma femme, ma chaumière, ma terre, il n'est rien qui ne me parle de lui. Mais lorsque je viens à la ville, je porte toujours mon chapeau, pour avoir sur moi quelque chose de son souvenir. Je suis fâché seulement qu'il commence à s'user. Voyez-vous? il s'en va. Mais tant qu'il en restera un morceau, il sera toujours sans prix à mes yeux.

Le comte avait été vivement attendri de ce récit. Il prit son portefeuille, en tira une lettre; et donnant l'enveloppe au paysan : Tenez, mon ami, lui dit-il, je suis obligé de vous quitter; mais voici mon adresse. Faites-moi le plaisir de venir me voir dimanche au matin.

Le paysan ne manqua point au rendez-vous. Aussitôt qu'il fut annoncé, le comte courut au devant de lui, et le prenant par la main, il lui dit : Mon cher ami, vous ne m'avez point sauvé un fils unique; mais vous m'avez rendu un service : c'est de me faire aimer davantage les hommes, en me prouvant qu'il est encore des cœurs pleins d'honnêteté et de reconnaissance. Puisque les chapeaux figurent avec tant d'honneur sur votre tête, en voici un. Je ne demande point que vous quittiez celui de votre bienfaiteur; seulement, lorsqu'il ne vous sera plus possible de le porter, je vous demande la survivance pour le mien; et chaque année, à pareil jour, vous en trouverez ici un autre pour le remplacer.

Cette fondation n'était qu'un honnête prétexte dont se servait le comte pour ménager la fierté du paysan. Il savait trop bien qu'on ne doit chercher qu'à élever les sentiments de ceux qu'on oblige. Après avoir gagné son cœur par cette première liaison, il prit assez d'empire sur lui pour avoir le droit de répandre l'aisance dans la famille, que des malheurs avaient presque ruinée; et il eut la joie de la voir presque aussi heureuse de sa reconnaissance qu'il l'était lui-même de ses bienfaits.

LES BOUQUETS.

Le petit Gaspard sortit un jour avec Eugène, son voisin, pour aller cueillir les premières fleurs du printemps. Ils avaient tous deux à la main leur déjeuner.

Il se présenta sur la route une pauvre femme, tenant dans ses bras un petit garçon qui paraissait mourir de faim. — Ah! mon cher monsieur, dit-elle à Gaspard, qui marchait le premier, donnez, de grâce, à mon pauvre enfant un morceau de votre pain. Il n'a rien mangé depuis hier midi.

— Oh! j'ai bien faim moi-même, répondit Gaspard; et il continua sa route en croquant son déjeuner.

Que fit Eugène? Il avait aussi bon appétit que son camarade; mais en voyant pleurer le petit malheureux, il lui donna son pain, et il reçut en échange de la mère mille et mille bénédictions, que le bon Dieu entendit du haut des cieux.

Ce n'est pas tout. Le petit garçon, fortifié par la nourriture qu'il venait de prendre, se mit à courir devant son bienfaiteur, le mena dans une prairie, et lui aida à cueillir des fleurs dont l'odeur suave le délassait de sa fatigue.

Eugène rentra au logis avec un énorme bouquet, derrière lequel toute sa tête pouvait se cacher. Gaspard, au contraire, n'en avait qu'un si petit qu'il eut honte de le produire, et qu'il le jeta au pied d'une borne, après avoir perdu toute sa matinée à le cueillir.

Ils sortirent le lendemain dans le même projet. Cette fois-là un autre enfant fut de la partie. C'était le petit Valentin.

Après avoir fait quelques pas dans la prairie, Valentin s'aperçut qu'il avait perdu une boucle de ses souliers, et il pria ses amis de l'aider à la chercher.

Gaspard répondit : Je n'ai pas le temps ; et il continua de courir. Eugène, au contraire, s'arrêta aussitôt pour obliger son ami. Il marchait çà et là courbé vers la terre, et tâtonnant dans l'herbe : il eut enfin le bonheur de trouver ce qu'il cherchait, et ils commencèrent à l'envi à cueillir des fleurs.

Les plus belles que Valentin ramassa, il en fit présent à celui qui avait refusé durement de le secourir. Eugène eut encore ce jour-là un bouquet bien plus beau que Gaspard. Aussi s'en retourna-t-il chez lui fort satisfait, et Gaspard fort mécontent.

Gaspard croyait être plus heureux le troisième jour. Il marchait d'un air insolent, défiant Eugène. Mais à peine étaient-ils entrés dans la prairie, que voici le petit garçon à qui Eugène avait donné son pain qui vient à sa rencontre, et lui présente une corbeille remplie des plus belles fleurs qu'il avait cueillies, toutes fraîches encore de rosée.

Gaspard voulut en ramasser quelques-unes : mais le moyen d'en trouver ! le petit garçon s'était levé plus matin que lui : il eut encore moins de fleurs ce jour-là que les deux précédents.

Comme ils s'en retournaient chez eux, ils rencontrèrent le petit Valentin. — Mon cher ami, dit-il à Eugène, je n'ai pas oublié que tu me rendis hier un service, et j'en ai pris tant d'amitié pour toi que je voudrais être toujours à ton côté. Mon papa t'aime beaucoup aussi. Il m'a dit de t'aller chercher, qu'il nous dirait de jolis contes, et qu'il jouerait lui-même avec nous. Viens, suis-moi dans notre jardin. Il y a d'autres enfants qui nous attendent, et nous chercherons tous ensemble à te bien divertir.

Eugène, transporté de joie, prit la main de son ami et le suivit dans le jardin. Et Gaspard? Il fallut qu'il s'en retournât tristement chez lui. On ne l'avait pas invité.

Il apprit par là ce qu'on gagne à être officieux et secourable envers les autres. Il ne tarda guère à se corriger; et il serait devenu aussi aimable qu'Eugène, si celui-ci n'avait toujours mis plus de grâce dans sa manière d'obliger, par l'habitude qu'il en avait prise dès sa plus tendre enfance.

L'AMOUR DE DIEU ET DE SES PARENTS.

Hélène et Théophile étaient tendrement chéris de leurs parents, et les aimaient avec la même tendresse.

Depuis quelques jours ils avaient l'habitude de courir au fond du jardin après leur déjeuner, et de n'en revenir qu'au bout d'un quart d'heure, pour se mettre à leur travail.

Cette conduite fit naître la curiosité de M. de Florigni, leur père. Ses deux enfants jusqu'alors avaient été fort

studieux; et il avait su leur rendre le travail si agréable
qu'ils laissaient souvent leur déjeuner à moitié pour courir
plus vite à leurs leçons.

Que devons-nous penser de ce changement? dit-il à son
épouse. Si nos enfants prennent le goût de l'oisiveté, nous
leur verrons bientôt perdre les heureuses dispositions qu'ils
avaient montrées. Nous perdrons nous-mêmes nos plus
chères espérances, et le plaisir que nous avions à les
aimer.

Madame de Florigni ne put lui répondre que par un
soupir.

Le même jour elle dit à ses enfants : Qu'allez-vous donc
faire de si bonne heure dans le jardin? Vous pourriez bien
attendre que votre travail fût fini pour vous livrer à vos
récréations.

Hélène et Théophile gardèrent le silence, et embrassèrent
plus tendrement que jamais leur maman.

Le lendemain, au matin, lorsqu'ils crurent n'être vus de
personne, ils s'acheminèrent doucement vers le berceau de
chèvre-feuille qui était au bout de la grande allée.

Madame de Florigni attendait ce moment, et les suivit
sans être aperçue, à la faveur d'une charmille épaisse, le
long de laquelle elle se glissa sur la pointe des pieds.

Lorsqu'elle fut arrivée près du berceau, et qu'elle fut
postée dans un endroit d'où elle pouvait tout remarquer à
travers le feuillage, Dieu! de quelle joie son cœur maternel
fut saisi lorsqu'elle vit ses deux enfants joindre leurs mains
et se mettre à genoux!

Théophile disait cette prière; Hélène la répétait après lui :

« Seigneur, mon Dieu, je vous prie que nos parents ne
» meurent pas avant nous. Nous les aimons tant, et nous
» aurons tant de plaisir de faire leur bonheur lorsque nous
» serons devenus grands !

» Rendez-nous bons, justes et sages, pour que notre
» papa et notre maman puissent tous les jours se réjouir de
» nous avoir donné la vie.

» Entendez-vous, mon Dieu ? Nous voulons aussi faire
» tout ce qui est dans vos commandements. »

Après cette prière, ils se levèrent tous deux, s'embrassèrent tendrement, et retournèrent à la maison en se tenant
par la main.

Des larmes de joie coulaient le long des joues de leur
mère. Elle courut à son époux, le pressa sur son sein, lui
redit ce qu'elle avait entendu ; et ils furent l'un et l'autre
aussi heureux que s'ils avaient été transportés tout d'un
coup, avec leur famille, dans les délices du paradis.

LE CONTRE-TEMPS UTILE.

Dans une belle matinée du mois de juin, Alexis se disposait à partir avec son père pour une partie de plaisir qui,
depuis quinze jours, était l'objet de toutes ses pensées. Il
s'était levé de très-bonne heure, contre son ordinaire,
pour hâter les préparatifs de l'expédition. Enfin, au
moment où il croyait avoir atteint le terme de ses espérances, le ciel s'obscurcit tout à coup, les nuages s'entassèrent

un vent orageux courbait les arbres et soulevait la pous-
sière en tourbillons. Alexis descendait à chaque instant
dans le jardin pour observer l'état du ciel, puis il remon-
tait les degrés trois à trois pour consulter le baromètre. Le
ciel et le baromètre s'accordaient à parler contre lui. Cependant il ne craignait point de rassurer son père et de lui
protester que toutes ces apparences fâcheuses allaient se
dissiper en un clin d'œil, qu'il ferait même bientôt le plus
beau temps du monde ; et il conclut qu'il fallait partir tout
de suite pour en profiter.

M. de Ponval, qui n'avait pas une confiance aveugle
dans les pronostics de son fils, crut qu'il était plus sage
d'attendre encore. Au même instant les nues crevèrent, et
une pluie impétueuse fondit sur la terre. Alexis, double-
ment confondu, se mit à pleurer, et refusa obstinément
toute consolation.

La pluie continua jusqu'à trois heures de l'après-midi.
Enfin les nuages se dispersèrent, le soleil reprit son éclat,
le ciel sa sérénité, et toute la nature respirait la fraîcheur
du printemps. L'humeur d'Alexis s'était par degrés éclair-
cie, comme l'horizon. Son père le mena dans les champs ;
et le calme des airs, le ramage des oiseaux, la verdure des
prairies, les doux parfums qui s'exhalaient autour de lui,
achevèrent de ramener la joie dans son cœur.

No remarques-tu pas, lui dit son père, la révolution
délicieuse qui vient de s'opérer dans toute la création?
Rappelle-toi les tristes images qui affligeaient hier nos
regards : la terre crevassée par une longue sécheresse, les
fleurs décolorées et penchant leurs têtes languissantes,

toute la végétation qui semblait décroître. A quoi devons-nous attribuer le rajeunissement de la nature? — A la pluie qui vient de tomber aujourd'hui, répondit Alexis. L'injustice de ses plaintes et la folie de sa conduite le frappèrent vivement en prononçant ces mots. Il rougit; et son père jugea qu'il suffisait de ses propres réflexions pour lui apprendre une autre fois à sacrifier sans regret un plaisir personnel au bien général de l'humanité.

PHILIPPINE ET MAXIMIN.

Madame de Cerny, jeune veuve, avait deux enfants, nommés Philippine et Maximin, l'un et l'autre également dignes de sa tendresse, quoiqu'elle fût partagée entre eux avec bien de l'inégalité. Philippine, tout enfant qu'elle était, sentait la prédilection de sa maman pour son frère; elle en était affligée; mais elle cachait dans le fond de son cœur le chagrin que lui causait cette préférence. Sa figure, sans être d'une laideur repoussante, ne répondait point à la beauté de son âme : son frère était beau comme on nous peint les anges. Toutes les douceurs et toutes les caresses de madame de Cerny étaient pour lui seul; et les domestiques, pour faire leur cour à leur maîtresse, ne s'occupaient qu'à le flatter dans toutes ses fantaisies. Philippine, au contraire, rebutée par sa maman, n'en était que plus maltraitée par tous les gens de la maison.

Loin de prévenir ses goûts, on négligeait jusqu'à ses

besoins. Elle versait des torrents de larmes lorsqu'elle se voyait seule et abandonnée; mais jamais elle ne laissait échapper devant les autres la plainte la plus légère, ou le moindre signe de mécontentement. C'était en vain que, par une application constante à ses devoirs, par sa douceur et par ses prévenances, elle cherchait à compenser, auprès de sa mère, ce qui lui manquait en beauté; les qualités de son âme échappaient à des yeux accoutumés à ne s'occuper que des avantages extérieurs. Madame de Cerny, peu touchée des témoignages de tendresse que lui donnait Philippine, surtout depuis la mort de son père, semblait ne la regarder qu'avec une espèce de répugnance. Elle la grondait sans cesse, et exigeait d'elle des perfections qu'on n'aurait pas même osé prétendre d'une raison plus avancée.

Cette mère injuste tomba malade. Maximin se montra bien sensible à ses souffrances; mais Philippine qui, dans les regards éteints et les traits abattus de sa maman, croyait voir un adoucissement de sa rigueur accoutumée, surpassa de beaucoup son frère pour les soins et pour la vigilance. Attentive aux moindres besoins de sa mère, elle mettait toute sa pénétration à les découvrir, pour lui épargner même la peine de les faire connaître. Aussi longtemps que sa maladie eut quelque apparence de danger, elle ne quitta pas son chevet. Les prières, les ordres même ne purent l'engager à prendre un moment de repos.

Enfin madame de Cerny se rétablit. Son heureuse convalescence dissipa les alarmes de Philippine; mais ses chagrins recommencèrent lorsqu'elle vit sa maman reprendre envers elle sa sévérité.

Un jour que madame de Cerny s'entretenait avec ses deux enfants des maux qu'elle avait soufferts dans sa maladie, et les remerciait des soins tendres et empressés qu'elle avait reçus de leur amour : Mes enfants, ajouta-t-elle, vous pouvez l'un et l'autre me demander ce qui vous fera le plus de plaisir : je m'engage à vous l'accorder, si vos désirs ne sont pas au-dessus de ma richesse. Que désires-tu, Maximin? demanda-t-elle d'abord à son fils. — Une montre et une épée, maman, répondit-il. — Tu les auras demain à ton lever. Et toi, Philippine? — Moi, maman? moi, répondit-elle toute tremblante, je n'ai rien à désirer si vous m'aimez. — Ce n'est pas me répondre. Je veux aussi vous récompenser, mademoiselle. Que désirez-vous? parlez. — Quoique Philippine fut accoutumée à ce ton sévère, elle en fut encore plus abattue dans cette circonstance qu'elle ne l'avait jamais été. Elle se jeta aux pieds de sa mère, la regarda avec des yeux tout mouillés de larmes; et, cachant tout à coup son visage dans ses mains, elle balbutia ces mots : Donnez-moi seulement deux baisers de ceux que vous donnez à mon frère.

Madame de Cerny, attendrie jusqu'au fond de son cœur, y sentit renaître pour sa fille des sentiments jusqu'alors étouffés. Elle la prit dans ses bras, la serra avec transport contre son sein, et l'accabla de baisers. Philippine, qui recevait, pour la première fois, les caresses de sa mère, se livra à toutes les effusions de sa joie et de son amour. Elle baisait ses yeux, ses joues, ses cheveux, ses mains, ses habits. Maximin, qui ne pouvait s'empêcher d'aimer sa sœur, confondit ses embrassements avec les siens. Ils goûtèrent tous ensemble un bonheur qui ne fut pas borné à la durée de ce moment. Madame de Cerny rendit avec excès à Philippine tout ce qu'elle lui avait dérobé de son affection; Philippine y répondit par une nouvelle tendresse. Maximin n'en fut point jaloux; il sut se faire une jouissance de la félicité de sa sœur. Il reçut bientôt le prix d'un sentiment si généreux. La bonté de son naturel avait été un peu altérée par la faiblesse et l'aveuglement de sa mère. Il lui échappa, dans sa jeunesse, bien des étourderies qui lui auraient aliéné son cœur; mais Philippine trouvait le moyen de l'excuser auprès d'elle. Les sages conseils qu'elle lui donnait achevèrent de le ramener, et ils éprouvèrent tous les trois qu'il n'y a point de bonheur dans une famille sans la plus intime union entre les frères et les sœurs, la plus vive et la plus égale tendresse entre les pères et les enfants.

LES DEUX POMMIERS.

Un riche laboureur était père de deux garçons, dont l'un avait tout juste un an de plus que l'autre. Le jour de la naissance du second, il avait planté, à l'entrée de son verger, deux pommiers d'une tige égale, qu'il avait cultivés depuis avec le même soin, et qui avaient si également profité de leur culture, qu'on n'aurait jamais pu se décider entre eux pour la préférence. Lorsque ses enfants furent en état de manier les outils du jardinage, il les mena, un beau

jour de printemps, devant les deux arbres qu'il avait
plantés pour eux, et nommés de leurs noms; et, après leur
avoir fait admirer leur belle tige et la quantité de fleurs
dont ils étaient couverts, il leur dit : Vous voyez, mes enfants, que je vous les livre en bon état. Ils peuvent autant
gagner par vos soins qu'ils perdraient par votre négligence. Leurs fruits vous récompenseront en proportion de
vos travaux.

Le cadet, nommé Etienne, était infatigable dans ses
soins. Il s'occupait tout le jour à délivrer son arbre des
chenilles qui l'auraient dévoré. Il étaya sa tige d'un échalas,
pour empêcher qu'il ne prît une mauvaise tournure; il
piochait la terre tout autour, afin qu'elle pût se pénétrer
plus facilement des feux du soleil et de l'humidité de la
rosée. Sa mère n'avait pas eu plus d'attention pour lui
dans sa plus tendre enfance, qu'il n'en avait pour son
jeune pommier.

Michel, son frère, ne faisait rien de tout cela. Il passait
la journée à grimper sur le coteau voisin, d'où il jetait des
pierres aux passants. Il allait chercher tous les petits
paysans d'alentour pour se battre avec eux. On ne lui
voyait que des écorchures aux jambes et des bosses au
front, des coups qu'il avait reçus dans ses querelles. En un
mot, il négligea si bien son arbre, qu'il n'y songea du tout
qu'au moment où il vit dans l'automne celui d'Etienne si
chargé de pommes bigarrées de pourpre et d'or, que, sans
les appuis qui soutenaient ses branches, le poids des fruits
l'aurait entraîné à terre. Frappé à la vue d'une si belle
récolte, il courut à son arbre, dans l'espérance d'en

recueillir une tout aussi abondante. Mais quelle fut sa surprise de n'y trouver que des branches couvertes de mousse
et quelques feuilles jaunies ! Plein de jalousie et de dépit,
il alla trouver son père, et lui dit : Mon père, quel arbre
m'avez-vous donné? il est sec comme un manche à balai, et
je n'aurai pas dix pommes à y cueillir. Mais mon frère!...
oh ! vous l'avez bien mieux traité. Ordonnez-lui du moins
de partager ses pommes avec moi. Partager avec toi! lui
répondit son père ; ainsi le diligent aurait perdu ses sueurs
pour nourrir le paresseux! Souffre, c'est le prix de ta
négligence, et ne t'avise pas, en voyant la riche récolte de
ton frère, de m'accuser d'injustice. Ton arbre était aussi
vigoureux et d'un aussi bon rapport que le sien ; il avait
une égale quantité de fleurs, il est venu sur le même terrain; seulement il n'a pas reçu la même culture. Etienne a
délivré son arbre des moindres insectes; tu leur as laissé
dévorer le tien dans sa fleur. Comme je ne veux laisser rien
perdre de ce que Dieu m'a donné, puisque je lui en dois
compte, je te reprends cet arbre, et je lui ôte ton nom. Il a
besoin de passer par les mains de ton frère pour se rétablir ;
et il lui appartient dès ce moment, ainsi que les fruits qu'il
y fera naître. Tu peux en aller chercher un autre dans ma
pépinière, et le cultiver, si tu veux, pour réparer la faute;
mais, si tu le négliges, il appartiendra encore à ton frère,
puisqu'il me seconde dans mes travaux.

Michel sentit la justice de la sentence de son père, et la
sagesse de son conseil. Il alla dès ce moment choisir dans
la pépinière le jeune élève qu'il crut le plus vigoureux. Il
le planta lui-même. Etienne l'aida de ses avis pour le

cultiver. Michel n'y perdit pas un moment ; plus de querelles avec ses camarades, encore moins avec lui-même ;
car il se portait de gaîté de cœur au travail. Il vit dans l'automne son arbre répondre pleinement à ses espérances.
Ainsi il eut le double avantage de s'enrichir d'une abondante récolte et de perdre les habitudes vicieuses qu'il avait
contractées. Son père fut si satisfait de ce changement,
qu'il lui céda l'année suivante, de moitié avec son frère, le
produit d'un petit verger.

MATHILDE.

Vous vous souvenez encore, mes chers amis, des violentes
chaleurs qui ont régné cet été. J'étais à Windsor, nous
nous amusions à de petits jeux de société, lorsqu'il survint
un orage furieux. Le tonnerre roulait avec un fracas épou-
vantable, dont toute la maison était ébranlée, tandis que les
éclairs semblaient à chaque instant l'embraser. Une jeune
demoiselle de la compagnie ne put se défendre de quelque
émotion. On entendait aussi les cris d'effroi d'une femme
de chambre. Au milieu de ce trouble, la petite Mathilde avait
disparu. Sa mère, qui passait dans la chambre voisine,
l'aperçut dans un coin.

— Que faites-vous là, ma fille ? lui dit-elle.

— Oh ! rien, maman.

— Est-ce que vous êtes effrayée de l'orage ?

— Non, maman ; vous m'avez appris à ne pas le craindre, et vous avez bien vu que je ne le craignais pas tout à l'heure.

— Pourquoi donc êtes-vous à genoux ?

— C'est que j'ai vu frissonner Elise, j'ai entendu crier Kitty ; cela m'a fait de la peine. Je priais Dieu pour elles et pour tous ceux qui ont peur.

LA MAUVAISE MÈRE ET LE BON FILS.

Dans l'une de nos provinces maritimes, il y avait un intendant qui s'était rendu recommandable par son désintéressement et par son intégrité. Cet homme de bien, appelé M. de Carandon, mourut pauvre, et presque insolvable. Il avait laissé une fille que personne n'épousait, parce qu'elle avait beaucoup d'orgueil, peu d'agréments, et point de fortune. Un riche et honnête négociant la rechercha, par considération pour la mémoire de son père. Il nous a fait tant de bien, disait le bonhomme Corée ! (C'était le nom du négociant). Il est bien juste que quelqu'un de nous le rende à sa fille. Corée se proposa donc humblement, et mademoiselle de Carandon, avec beaucoup de répugnance, consentit à lui donner la main, bien entendu qu'elle aurait dans sa maison une autorité absolue. Le respect du bonhomme pour la mémoire du père s'étendait jusque sur sa fille. Il la consultait comme son oracle, et si quelquefois il lui arrivait d'avoir un avis différent du sien, elle n'avait qu'à proférer ces paroles imposantes : Feu M. de Carandon, mon père... Corée n'attendait pas qu'elle achevât pour avouer qu'il avait tort.

Il mourut assez jeune, et lui laissa deux enfants. Son héritage, suivant ses dernières dispositions, fut mis en dépôt dans les mains de sa femme, avec le droit fatal de le distribuer à ses enfants comme bon lui semblerait. De ces deux enfants, l'aîné faisait ses délices; non qu'il fût plus beau, ou plus heureusement né que le cadet, mais il était plus hardi et plus impérieux, par conséquent d'un caractère plus ressemblant au sien. Elle avait enfin, pour l'aimer uniquement, toutes les mauvaises raisons que peut avoir une mauvaise mère.

Le petit Jacquaut était l'enfant de rebut; sa mère ne daignait presque pas le voir, et ne lui parlait que pour le gronder. Cet enfant intimidé n'osait lever les yeux devant elle, et ne lui répondait qu'en tremblant. Il avait, disait-elle, le naturel de son père, une âme du peuple. Pour l'aîné, qu'on avait pris soin de rendre aussi volontaire, aussi mutin, aussi capricieux qu'il était possible, c'était la gentillesse même : son indocilité s'appelait hauteur de caractère; son humeur, excès de sensibilité. On s'applaudissait de voir qu'il ne cédait jamais quand il avait raison : or, il faut savoir qu'il n'avait jamais tort. On ne cessait de dire qu'il sentait son bien, et qu'il avait l'honneur de ressembler à madame sa mère. Cet aîné, appelé M. de l'Etang (car on ne crut pas qu'il fût convenable de lui laisser le nom de Corée), cet aîné, dis-je, eut des maîtres de toute espèce. Les leçons étaient pour lui seul, et le petit Jacquaut en recueillit le fruit; de manière qu'au bout de quelques

années, Jacquaut savait tout ce qu'on avait enseigné à
M. de l'Etang, qui, en revanche, ne savait rien.

Toutes les personnes qui voulaient faire leur cour à
Madame, s'apercevant de son faible, lui faisaient croire que
son aîné était un prodige. Les maîtres, moins complaisants,
ou plus maladroits, en se plaignant de l'indocilité, de
l'inattention de cet enfant chéri, ne tarissaient point sur les
louanges de Jacquaut. Ils ne disaient pas précisément que
M. de l'Etang fût un sot, mais ils disaient que le petit Jacquaut avait de l'esprit comme un ange. La vanité de la
mère en fut blessée; elle redoubla d'aversion pour ce petit
malheureux, devint jalouse de ses progrès, et résolut d'ôter
à son enfant gâté l'humiliation du parallèle.

Une aventure bien touchante réveilla cependant en elle
les sentiments de la nature; mais ce retour sur elle-même
l'humilia sans la corriger. Jacquaut avait dix ans, de
l'Etang en avant près de quinze, lorsqu'elle tomba dange-
reusement malade. L'aîné s'occupait de ses plaisirs, et fort
peu de la santé de sa mère. C'est la punition des mères
folles d'aimer des enfants dénaturés. Cependant on commençait à s'inquiéter. Jacquaut s'en aperçut; et voilà son
petit cœur saisi de douleur et de crainte. L'impatience de
voir sa mère ne lui permet plus de se cacher. On l'avait
accoutumé à ne paraître que lorsqu'il était appelé; mais
enfin sa tendresse lui donna du courage. Il saisit l'instant
où la porte de la chambre est entr'ouverte; il entre sans
bruit et à pas tremblants; il s'approche du lit de sa mère.

— Est-ce vous, mon fils? demanda-t-elle.

— Non, ma mère, c'est Jacquaut. Cette réponse naïve

et accablante pénétra de honte et de douleur l'âme de cette femme injuste; mais quelques caresses de son mauvais fils rendirent bientôt à celui-ci tout son ascendant; et Jacquaut n'en fut dans la suite ni mieux aimé, ni moins digne de l'être.

A peine madame Corée fut-elle rétablie, qu'elle reprit le dessein de l'éloigner de la maison. Son prétexte fut que de l'Etang, naturellement vif, était trop susceptible de dissipation pour avoir un compagnon d'étude; et que les impertinentes prédilections des maîtres pour l'enfant qui était le plus humble, ou le plus caressant avec eux, pouvaient fort bien décourager celui dont le caractère plus haut et moins flexible exigeait plus de ménagements. Elle voulut donc que de l'Etang fût l'unique objet de leurs soins, et se défit du malheureux Jacquaut, en l'exilant dans un collége.

A seize ans, de l'Etang quitta ses maîtres de mathématiques, de physique, de musique, etc., comme il les avait pris; il commença ses exercices, qu'il fit à peu près comme ses études; et à vingt ans il parut dans le monde avec la suffisance d'un sot qui a entendu parler de tout, et qui n'a réfléchi sur rien.

De son côté, Jacquaut avait fini ses humanités, et sa mère était ennuyée des éloges qu'on lui donnait.

— Vous voilà grand, lui dit-elle un jour, il faut prendre un parti. Vous croyez peut-être que j'ai de quoi vous soutenir dans le monde; je vous déclare qu'il n'en est rien. La fortune de votre père n'était pas aussi considérable qu'on l'imagine; à peine suffira-t-elle à l'établissement de votre aîné. Pour vous, Monsieur, vous n'avez qu'à voir si vous voulez courir la carrière des bénéfices ou celle des armes; vous faire tonsurer, ou casser la tête; accepter, en un mot, un petit collet, ou une lieutenance d'infanterie; c'est tout ce que je puis faire pour vous.

Jacquaut lui répondit qu'il y avait des partis moins violents à prendre pour le fils d'un négociant. A ces mots, mademoiselle de Carandon faillit mourir de douleur d'avoir mis au monde un fils si peu digne d'elle, et lui défendit de paraître à ses yeux. Le jeune Corée, désolé d'avoir encouru l'indignation de sa mère, se retira en soupirant, et résolut de tenter si la fortune lui serait moins cruelle que la nature. Il apprit qu'un vaisseau était sur le point de faire voile pour les Antilles, où il avait dessein de se rendre. Il écrivit à sa mère pour lui demander son aveu, sa bénédiction, et une pacotille. Les deux premiers articles lui furent amplement accordés, mais le dernier avec économie.

Sa mère se croyant trop heureuse d'en être débarrassée, voulut le voir avant son départ, et en l'embrassant lui donna quelques larmes. Son frère eut aussi la bonté de lui souhaiter un heureux voyage. C'étaient les premières caresses qu'il avait reçues de ses parents. Son cœur sensible en fut pénétré. Cependant il n'osa leur demander de leur écrire; mais il avait un camarade de collége dont il était tendrement aimé : il le conjura, en partant, de lui donner quelquefois des nouvelles de sa mère.

Celle-ci ne fut plus occupée que du soin d'établir son enfant chéri. Il se déclara pour la robe. On lui obtint des dispenses d'études, et bientôt il fut admis dans le sanctuaire des lois. Il ne fallait plus qu'un mariage avantageux.

On proposa une riche héritière, mais on exigea de la veuve la donation de ses biens. Elle eut la faiblesse d'y consentir, en se réservant à peine de quoi vivre décemment, bien assurée que la fortune de son fils serait toujours à sa disposition.

A l'âge de vingt-cinq ans, M. de l'Etang se trouva donc un petit conseiller tout rond, négligeant sa femme autant que sa mère, ayant grand soin de sa personne, et fort peu de souci des affaires du palais. Bientôt il n'y eut pas d'excès dans lesquels il ne se plongeât. Sa fortune diminuait tous les jours par ses dépenses énormes. Cependant, comme il croyait humiliant pour lui de déchoir, il se piqua d'honneur, et ne voulut rien rabattre de son faste : en sorte que dans quelques années il se trouva qu'il était ruiné.

Il en était aux expédients, lorsque madame sa mère, qui n'avait pas mieux ménagé sa réserve, lui écrivit pour lui demander de l'argent. Il lui répondit qu'il était au désespoir; mais que, loin de lui pouvoir envoyer des secours, il en avait besoin lui-même. Déjà l'alarme s'était répandue parmi les créanciers, et c'était à qui se saisirait le premier des débris de leur fortune.

— Qu'ai-je fait? disait cette mère désolée; je me suis dépouillée de tout pour un fils qui a tout dissipé!

Cependant qu'était devenu l'infortuné Jacquaut? Jacquaut, avec de l'esprit, la meilleure âme, la plus jolie figure du monde, et sa petite pacotille, était arrivé heureusement à Saint-Domingue. On sait combien un Français de bonnes mœurs et de bonne mine trouve aisément à

s'établir dans les îles. Le nom de Corée, son intelligence et
sa sagesse, lui acquirent bientôt la confiance des habitants.
Avec les secours qui lui furent offerts, il acquit lui-même
une habitation, la cultiva, la rendit florissante. Le commerce qui était en vigueur commençait déjà à l'enrichir,
lorsque son camarade de collége qui, jusque-là, ne lui avait
donné que des nouvelles satisfaisantes, lui écrivit que son
frère était ruiné, et que sa mère, abandonnée de tout le
monde, était réduite aux plus affreuses extrémités. Cette
lettre fatale fut arrosée de larmes.

— Ah! ma pauvre mère, s'écria-t-il, j'irai, j'irai vous
secourir! Il ne voulut s'en fier à personne. Un accident,
une infidélité, la négligence ou la lenteur d'une main étrangère, pouvaient la priver des secours de son fils, et la
laisser mourir dans l'indigence et le désespoir. Rien ne
doit retenir un fils, se disait-il à lui-même, lorsqu'il y va
de l'honneur et de la vie d'une mère.

Avec de tels sentiments, Corée ne fut plus occupé que du
soin de vendre tout ce qu'il possédait, et le sacrifice ne
coûta rien à son cœur. Il s'embarqua, et avec lui toute sa
fortune. Le trajet fut heureux. Au bout de six semaines, il
arriva sur les côtes de France, et ce digne fils, sans se permettre une nuit de repos, se rend avec son trésor auprès
de sa malheureuse mère. Il la trouve au bord du tombeau,
et dans un état plus affreux pour elle que la mort même.
Elle était dénuée de tout secours, et livrée aux soins d'un
domestique qui, rebuté de souffrir l'indigence où elle était
réduite, lui rendait à regret les derniers soins d'une pitié
humiliante. La honte de sa situation l'avait portée à défen-

dre à ce domestique de recevoir personne que le prêtre et le médecin charitable qui la visitaient quelquefois.

Corée demande à la voir, on le refuse.

— Annoncez-moi, dit-il au domestique.

— Et quel est votre nom?

— Jacquaut. Le domestique s'approche du lit. Un étranger, dit-il, demande à voir Madame.

— Hélas! et quel est cet étranger?

— Il dit qu'il s'appelle Jacquaut. A ce nom, ses entrailles furent tellement émues, qu'elle faillit expirer. Ah! mon fils, dit-elle d'une voix éteinte, et en levant sur lui sa mourante paupière! Ah! mon fils, dans quel moment venez-vous revoir votre mère! Votre main va lui fermer les yeux. Quelle fut la douleur de cet enfant si pieux et si tendre, de voir cette mère qu'il avait laissée au sein du luxe et de l'opulence, de la voir dans un lit entouré de lambeaux, et dont l'image soulèverait le cœur, s'il m'était permis de la rendre!

— O ma mère! s'écria-t-il en se précipitant sur ce lit de douleurs... Ses sanglots étouffèrent sa voix, et les ruisseaux de larmes dont il inondait le sein de sa mère expirante, furent longtemps la seule expression de sa douleur et de son amour.

— Le ciel me punit, reprit-elle, d'avoir trop aimé un fils dénaturé, d'avoir... Il l'interrompit.

— Tout est réparé, ma mère, lui dit ce vertueux jeune homme; vivez. La fortune m'a comblé de biens, je viens les répandre au sein de la nature. C'est pour vous qu'ils me sont donnés. Vivez, j'ai de quoi vous faire aimer la vie.

7

— Ah! mon cher enfant! si je désire de vivre, c'est pour
expier mon injustice; c'est pour aimer un fils dont je n'étais
pas digne, un fils que j'ai déshérité. A ces mots, elle se
couvrit le visage, comme indigne de voir le jour.

— Ah! Madame, s'écria-t-il en la pressant dans ses
bras, ne me dérobez point la vue de ma mère! Je viens à
travers les mers la chercher et la secourir.

Dans ce moment le prêtre et le médecin arrivèrent.

— Voilà, dit-elle, mon enfant, les seules consolations
que le ciel m'a laissées; sans leur charité, je ne serais plus.
Corée les embrasse en fondant en larmes.

— Mes amis, leur dit-il, mes bienfaiteurs, que ne vous
dois-je pas? Sans vous je n'aurais plus de mère. Achevez
de la rappeler à la vie. Je suis riche, je viens la rendre
heureuse. Redoublez vos soins, vos consolations, vos secours; rendez-la-moi.

Le médecin vit prudemment que cette situation était trop
violente pour la malade.

— Allez, Monsieur, dit-il à Corée, reposez-vous sur
notre zèle, et n'ayez plus d'autre soin que de faire préparer un logement commode et sain. Ce soir Madame y
sera transportée.

Le changement d'air, la bonne nourriture, ou plutôt la
révolution qu'avait faite la joie, et le calme qui lui succéda,
ranimèrent insensiblement en elle les organes de la vie. Un
chagrin profond avait été le principe du mal, sa consolation
en fut le remède. Corée apprit que son malheureux frère
venait de périr misérablement; mais, par bonheur, sans
laisser d'enfants. On déroba la connaissance de cette mort

à une mère sensible, et trop faible pour soutenir, sans
expirer, un nouvel accès de douleur. Elle l'apprit enfin
lorsque sa santé fut plus affermie. Toutes les plaies de son
cœur se rouvrirent, et les larmes maternelles coulèrent de
ses yeux. Mais le ciel, en lui ôtant un fils indigne de sa
tendresse, lui en rendait un qui l'avait méritée par tout ce
que la nature a de plus sensible et la vertu de plus tou-
chant. Il avait laissé en Amérique une jeune veuve nommée
Lucelle, dont il était tendrement aimé, et à laquelle il se
disposait à s'unir. Il confia à madame Corée les désirs de
son âme. C'était de pouvoir réunir dans ses bras son
épouse et sa mère.

Celle-ci saisit avec joie le projet de passer avec lui en
Amérique. Une ville remplie de ses folies et de ses malheurs, était pour elle un séjour odieux; et l'instant où elle
s'embarqua lui rendit une nouvelle vie. Le ciel, qui pro-
tége la piété, leur accorda des vents favorables. Lucelle
reçut la mère de son fiancé comme elle aurait reçu sa mère.
L'hymen fit de ces amants les époux les plus fortunés, et
leurs jours coulent encore dans cette paix inaltérable, dans
ces plaisirs purs et sereins qui sont le partage de la vertu.

LE CEP DE VIGNE.

Le printemps était revenu après un rude hiver. M. de
Surgy était allé se promener à sa maison de campagne avec
Julien son fils. Déjà fleurissaient la violette et la prime-

vère; et plusieurs arbres s'étaient déjà parés d'une verdure naissante et de fleurs blanches et incarnat. Ils allèrent par hasard sous une treille, du pied de laquelle s'élevait un cep de vigne rude et tortu, qui étendait tristement et sans ordre ses bras dépouillés.

— Mon papa, s'écria Julien, voyez ce vilain arbre qui me fait les cornes. Pourquoi ne pas l'en arracher et en chauffer le four de Mathurin? Et aussitôt il se mit à le tirailler pour l'enlever de terre, mais ses racines l'y tenaient trop fortement attaché.

— Ne le tourmente pas, dit à son fils M. de Surgy, je veux qu'il reste sur pied; quand il en sera temps, je te dirai mes raisons.

— Mais, mon papa, voyez à côté ces fleurs brillantes des amandiers et des pêchers. Pourquoi ne s'est-il pas aussi bien paré, s'il veut qu'on le garde? Il gâte et il attriste tout le jardin. Voulez-vous que j'aille dire à Mathurin de venir l'arracher?

— Non, te dis-je, mon fils; je veux qu'il reste sur pied, au moins quelque temps encore.

Julien persistait à le condamner; son père tâcha de détourner son attention sur d'autres objets, et le malheureux cep de vigne fut oublié.

Les affaires de M. de Surgy l'appelaient dans une ville éloignée; il partit le lendemain et ne revint qu'au commencement de l'automne.

Son premier soin fut d'aller visiter sa maison de campagne; il y mena encore son fils. Le soleil était fort chaud; ils allèrent se mettre à l'abri sous la treille.

—Ah! mon papa, dit Julien, quelle belle verdure. Je
vous remercie d'avoir fait arracher ce vilain bois desséché
qui me faisait tant de peine à voir ce printemps, et d'avoir
mis à la place ce charmant arbrisseau pour me causer une
agréable surprise. Quels fruits ravissants! Voyez ces belles
grappes, les unes violettes, les autres toutes noires! Il n'y
a pas un seul arbre dans tout le jardin qui fasse une aussi
belle figure. Ils ont tous perdu leur fruit; mais lui, voyez
comme il en est couvert; voyez ces grandes feuilles vertes
sous lesquelles se cache le raisin! Je voudrais bien savoir
s'il est aussi bon qu'il me paraît beau.

M. de Surgy lui en donna une grappe à goûter; c'était
du muscat. Ses transports recommencèrent; et combien ils
furent plus vifs lorsque son père lui apprit que c'était de
ces graines qu'on exprimait la liqueur délicieuse dont il
goûtait quelquefois au dessert!

— Te voilà tout étonné, mon fils, lui dit M. de Surgy;
je te surprendrais bien davantage si je te disais que c'est là
cet arbre rude et tortu qui te faisait les cornes au printemps. Je vais, si tu veux, appeler Mathurin, et lui dire
de l'arracher pour en chauffer son four.

— Oh! gardez-vous-en bien, mon papa! qu'il prenne
tous les autres plutôt que celui-ci : j'aime tant le muscat!

—Tu vois donc, Julien, que j'ai bien fait de n'avoir pas
suivi ton conseil; ce qui t'est arrivé se présente souvent
dans la vie. On voit un enfant mal vêtu et d'un extérieur
peu agréable; on le méprise, on s'enorgueillit en se com-
parant à lui, on pousse même la cruauté jusqu'à lui tenir
des discours insultants. Garde-toi, mon fils, de ces juge-

ments précipités. Dans ce corps peu favorisé de la nature réside peut-être une âme élevée, qui étonnera un jour tout le monde par ses grandes vertus, ou qui l'éclairera par ses lumières. C'est une tige grossière, mais qui porte les plus beaux fruits.

LE COMPLIMENT DE NOUVELLE ANNÉE.

Le premier jour de l'an, le petit Porphyre entra de bonne heure dans l'appartement de son papa, qui n'était pas encore levé. Il s'avança, en le saluant gravement, jusqu'à trois pas de son lit; et lui ayant fait encore une inclination respectueuse, il commença ainsi en enflant sa voix :

« Ainsi que les Romains s'adressaient autrefois des vœux le premier jour de l'année, ainsi, mon très-honoré père, je viens... ah! je viens... »

Ici le petit orateur demeura court. Il eut beau frapper du pied, se gratter le front, fouiller dans toutes ses poches, le reste de la harangue ne se trouvait point. Le pauvre malheureux se tourmentait et suait à grosses gouttes. M. de Vermont eut pitié de son embarras. Il lui fit signe d'approcher; et l'ayant embrassé tendrement, il lui dit :

— Voilà un fort beau discours, mon fils. Est-ce toi qui l'as composé?

— Non, mon papa. Vous avez bien de la bonté. Je n'en sais pas encore assez pour cela. C'est mon frère, qui est en rhétorique. Oh! vous y auriez vu du ronflant. C'est tout en périodes, à ce qu'il m'a dit. Tenez, je vais le repasser, rien qu'une fois, et vous verrez. Voulez-vous toujours que je vous dise celui qui est pour maman ? Il est tiré de l'histoire grecque.

— Non, mon ami, cela n'est pas nécessaire. Ta mère et moi, nous vous savons le même gré, à toi et à ton frère.

— Oh! il a bien été quinze jours à le composer, et moi aussi longtemps à l'apprendre. C'est triste qu'il m'échappe précisément lorsqu'il fallait m'en souvenir. Hier encore je le déclamais si bien à votre tête à perruque! Je le lui récitai d'un bout à l'autre, sans manquer une fois. Si elle pouvait vous le dire!

— J'étais alors dans mon cabinet. Va, je t'ai bien entendu.

— Vous m'avez entendu? Ah! mon papa, que je vous embrasse! Je le disais bien, n'est-ce pas?

— A merveille.

— Oh! c'est qu'il était beau!

— Ton frère y a mis toute son éloquence. Mais, je te l'avoue, j'aurais mieux aimé deux mots seulement, pourvu qu'ils fussent partis de ton cœur.

— Mais, mon papa, souhaiter tout uniment la bonne année, c'est bien sec.

— Oui, si tu te bornais à me dire : Mon papa, je vous souhaite une bonne année, accompagnée de plusieurs autres. Mais, au lieu de ce compliment trivial, ne pouvais-tu chercher en toi-même ce que je dois désirer le plus vivement dans cette année nouvelle?

— Ce n'est pas difficile, mon papa. C'est d'avoir une

bonne santé, de conserver votre famille, vos amis et votre fortune, d'avoir beaucoup de plaisir et point de chagrin.

— Et ne me souhaites-tu pas tout cela?

— O mon papa! de tout mon cœur.

— Eh bien! voilà ton compliment tout fait. Tu vois que tu n'avais besoin de recourir à personne.

— Je ne croyais pas être si savant. Mais c'est toujours comme cela quand vous m'instruisez. Vous me faites trouver des choses que je n'aurais jamais cru savoir. Me voilà maintenant en état de faire des compliments à tout le monde. Je n'aurai qu'à leur adresser celui que je viens de vous faire.

Il peut en effet convenir à beaucoup de gens. Il y a cependant des différences à y mettre, suivant les personnes à qui tu parleras.

— Je sens bien à peu près ce que vous voulez me dire; mais je ne saurais le débrouiller tout seul. Expliquons cela à nous deux.

— Très-volontiers, mon ami. Il est des biens en général qu'on peut souhaiter à tout le monde, comme ceux que tu me souhaitais tout à l'heure. Il en est d'autres qui ont rapport à la condition, à l'âge et au devoir de chacun. Par exemple, on peut souhaiter à une personne heureuse la durée de son bonheur; à un malheureux, la fin de ses peines; à un homme en place, que Dieu veuille bénir ses projets pour le bien public, qu'il lui donne la force d'esprit et le courage nécessaires pour les exécuter, qu'il lui en fasse recueillir la récompense dans la félicité de ses concitoyens : à un vieillard on peut souhaiter une longue vie,

exempte d'incommodités ; à des enfants, la conservation de
leurs parents, des progrès rapides et soutenus dans leurs
études, l'amour de la science et de la sagesse ; aux pères et
aux mères, le succès de leurs espérances et de leurs soins
pour l'éducation de leurs enfants ; toutes sortes de prospé-
rités à nos bienfaiteurs, avec la continuation de leur bienveillance. On ne doit pas même oublier ses ennemis, et
adresser des vœux au ciel pour qu'il les fasse revenir de
leur injustice, et qu'il leur inspire le désir de se réconcilier
avec nous.

— O mon papa, que je vous remercie ! me voilà en fonds
de compliments pour tous ceux que je vais voir aujour-
d'hui. Soyez tranquille, je saurai donner à chacun ce qui
lui revient, sans avoir besoin des périodes de mon frère.
Mais, dites-moi, je vous prie : on a ces vœux dans le cœur
toute l'année ; pourquoi la bouche les dit-elle de préférence
le premier jour de l'an ?

— C'est que notre vie est comme une échelle, dont chaque nouvelle année forme un échelon. Il est tout naturel
que nos amis viennent se réjouir avec nous de ce que nous
sommes parvenus à celui-ci, et nous marquent leur vif
désir de nous voir monter les autres aussi heureusement.
Comprends-tu ?

— Fort bien, mon papa.

— Je puis encore t'expliquer ceci par une autre comparaison.

— Ah ! voyons, je vous prie.

— Te souviens-tu du jour où nous allâmes visiter Notre-
Dame ?

— O mon papa ! quelle belle perspective on a du haut des tours ! on découvre toute la campagne des environs.

— Saint-Cloud s'offrit à notre vue ; et comme tes yeux ne sont pas encore fort exercés à mesurer les distances, tu me proposas d'y aller dîner à pied.

— Eh bien ! mon papa, est-ce que je ne fis pas gaillardement le chemin ?

— Pas mal. Je fus assez content de tes jambes. Mais c'est que j'eus la précaution de te faire asseoir à tous les milles.

— Il est vrai. Ce n'est pas mal imaginé, au moins, d'avoir mis de ces pierres-chiffres sur la route. On voit tout de suite combien on a marché, combien il faut marcher encore, et l'on s'arrange en conséquence.

— Tu viens d'expliquer de toi-même les avantages de la division du temps en portions égales, qu'on appelle années. Chaque année est comme un mille dans la carrière de la vie.

— Ah ! j'entends. Et les saisons sont peut-être les quarts de milles et les demi-milles qui nous annoncent qu'un nouveau mille va bientôt venir.

— Fort bien, mon fils, ton observation est très-juste. Je suis charmé que ce petit voyage soit encore présent à ta mémoire. Il peut t'offrir, si tu sais le considérer, le tableau parfait de la vie humaine. Cherche à t'en rappeler toutes les circonstances, et j'en ferai l'application.

— Je ne m'en souviendrais pas mieux si c'était hier. D'abord, comme je me sentais ingambe, et que j'étais glorieux de vous le montrer, je voulus aller très-vite, et je

faisais je ne sais combien de faux pas. Vous me conseil-
lâtes d'aller plus doucement, parce que la route était longue. Je suivis votre conseil ; je n'eus pas à m'en repentir.
Chemin faisant, je vous questionnais sur tout ce que je
voyais, et vous aviez la bonté de m'instruire. Quand il se
présentait un banc de pierre ou une pièce de gazon, nous
allions nous y asseoir pour lire dans un livre que vous aviez
porté. Puis nous reprenions notre marche, et vous m'ap-
preniez encore beaucoup d'autres choses utiles et agréables.
Je me souviens aussi que je fis, tout en marchant, les quatre
vers latins que mon précepteur m'avait donnés pour devoir.
De cette manière, quoique le temps ne fût pas toujours beau
ce jour-là, quoique nous eussions quelquefois de la pluie
et même de l'orage à essuyer, nous arrivâmes frais et
gaillards, sans avoir ressenti de fatigue ni d'ennui; et le
bon repas que nous fîmes en arrivant acheva de remplir
heureusement cette journée.

—Voilà un récit très-fidèle de notre expédition, excepté
dans quelques circonstances, que je te sais pourtant gré
d'avoir omises, telles que cette action si touchante d'aller
prendre un aveugle par la main pour l'empêcher de se
casser les jambes contre un monceau de pierres sur lequel
il allait tomber; les secours que tu prêtas au petit b!anchis-
seur pour ramasser un paquet de linge qui était tombé de
sa charrette; les aumônes que tu fis aux pauvres que tu
rencontrais.

—Eh! mon papa, croyez-vous que je l'eusse oublié?
Mais je sais qu'il ne faut pas se vanter des bonnes œuvres
qu'on peut avoir faites.

— Aussi je me plais à te les rappeler pour te récompenser de ta modestie. Il est juste que je te rende une partie du
plaisir que tu me fis goûter.

— Oh! je vis bien deux ou trois fois des larmes rouler
dans vos yeux. J'étais si content! Si vous saviez combien
cela me délassait! J'en marchais bien plus lestement ensuite. Mais venons à l'application que vous m'avez promise.

— La voici, mon ami. Prête-moi l'attention dont tu es
capable.

— Je n'en perdrai rien, je vous assure.

— Le coup d'œil que tu jetas du haut des tours sur tout
le paysage qui t'environnait, c'est la première réflexion
d'un enfant sur la société qui l'entoure. La promenade que
tu choisis, c'est la carrière que l'on se propose de suivre.
L'ardeur avec laquelle tu voulais courir, sans consulter tes
forces, et qui te fit faire tant de faux pas, c'est l'impétuosité
naturelle à la jeunesse, qui l'emporterait à des excès dan-
gereux, si un ami sage et expérimenté ne savait la modérer.
Les connaissances agréables que tu recueillis le long du
chemin dans notre entretien et dans nos lectures, ton devoir
que tu eus encore le temps de remplir, les actes de bienfaisance et de charité que tu exerças, t'adoucirent la fatigue
de la route, t'en abrégèrent la longueur, et te la firent par-
courir gaiement, malgré la pluie et l'orage; il n'est pas
d'autres moyens dans la vie pour en bannir l'ennui, pour
y conserver la paix du cœur avec la satisfaction de soi-
même, pour se distraire des chagrins et des revers qui
pourraient nous accabler. Enfin le bon repas que je te fis
faire au bout de ta course n'est qu'une faible image de la

récompense que Dieu nous réserve, à la fin de nos jours,
pour les bonnes actions dont nous les aurons remplis!

— Oui, mon papa; cela cadre tout juste. Oh! quel bonheur je vois pour moi dans l'année que nous commençons
aujourd'hui!

— C'est de toi seul qu'il dépend de la rendre heureuse.
Mais revenons à notre voyage. Te souviens-tu lorsque
nous arrivâmes à cet endroit que l'on nomme le Point-du-
Jour? Le ciel était serein dans ce moment, et nous pou-
vions voir derrière nous tout l'espace que nous avions
parcouru.

— Oh! oui. J'étais fier d'avoir fait tout ce chemin.

— Le serais-tu de même, aujourd'hui que la raison
commence à t'éclairer, en portant un regard sur le chemin
que tu as fait jusqu'ici dans la vie? Tu y es entré faible et
nu, sans aucun moyen de pourvoir à tes besoins et à ta
subsistance. C'est ta mère qui t'a donné les premiers
aliments, c'est moi qui ai soutenu tes premiers pas. Que
t'avons-nous demandé pour prix de nos soins? Rien que de
travailler toi-même à ton propre bonheur, en devenant
juste et honnête, en t'instruisant de tes devoirs, et en prenant du goût à t'en acquitter. Ces conditions, tout avan-
tageuses pour toi, les as-tu remplies? As-tu été reconnais-
sant envers Dieu, pour t'avoir fait naître dans le sein de
l'aisance et de l'honneur? As-tu montré à tes parents toute
la tendresse, toute la soumission que tu leur dois? As-tu
bien profité des instructions de tes maîtres? Ton frère et tes
sœurs n'ont-ils jamais eu à se plaindre de quelque mouvement d'envie ou d'injustice de ta part? As-tu traité les

domestiques avec douceur? N'as-tu rien exigé de trop de
leur complaisance? L'esprit d'ordre et de justice, l'égalité
de caractère, la franchise, la patience et la modération que
nous cherchons à t'inspirer par nos leçons et par nos exem-
ples, les as-tu?

— Ah! mon papa, ne regardons pas tant dans le passé;
j'aime mieux porter ma vue sur l'avenir. Tout ce que j'aurais dû faire, oui, je vous le promets, je le ferai.

— Embrasse-moi, mon fils; j'accepte ta promesse, et j'y
renferme tous les vœux que je forme à mon tour pour toi
dans ce renouvellement de l'année.

LE FERMIER.

Monsieur Dublanc s'était un jour renfermé dans son
cabinet pour expédier quelques affaires. Un domestique
vint lui annoncer que Mathurin, son fermier, était à la
porte de la rue, et demandait à lui parler. M. Dublanc
ordonna qu'on le fît monter dans son antichambre, et qu'on
le priât d'attendre un moment, jusqu'à ce que ses lettres
fussent achevées.

Roger, Alexandre et Sophie (ainsi se nommaient les enfants de M. Dublanc) étaient dans l'antichambre de leur
père lorsqu'on y introduisit Mathurin. Il leur fit, en en-
trant, une inclination respectueuse; mais il était aisé de
voir qu'il ne l'avait pas apprise d'un maître à danser. Son
compliment ne fut pas d'une tournure plus élégante. Les

deux petits garçons se regardèrent l'un l'autre, et sourirent d'un air moqueur. Ils mesuraient l'honnête fermier des pieds à la tête d'un coup d'œil méprisant, se chuchotaient à l'oreille, et faisaient des éclats de rire si outrés, que le pauvre homme rougit, et ne savait plus quelle contenance il devait prendre. Roger poussa même la malhonnêteté au point de tourner autour de lui, et de dire à son frère, en se bouchant les narines :

— Alexandre, ne sens-tu pas ici une odeur de fumier? Il alla chercher un réchaud plein de charbons ardents, sur lesquels il fit brûler du papier, et qu'il promena dans la chambre, pour dissiper, disait-il, la mauvaise odeur. Il appela ensuite un domestique, et lui dit de balayer les ordures que Mathurin avait répandues sur le parquet avec ses souliers ferrés. Alexandre se tenait les côtés de rire des impertinences de son frère.

Il n'en était pas ainsi de Sophie, leur sœur. Au lieu d'imiter la grossièreté de ses frères, elle leur en fit des reproches, chercha à les excuser auprès du fermier; et, s'approchant de lui d'un air plein de bonté, elle lui offrit du vin pour se rafraîchir, le fit asseoir, et prit elle-même son chapeau et son bâton, qu'elle alla porter sur une table.

Sur ces entrefaites, M. Dublanc sortit de son cabinet; il s'avança d'un air amical vers Mathurin, lui tendit la main, lui demanda des nouvelles de sa femme et de ses enfants, et quelles affaires l'amenaient à la ville.

— Monsieur, je vous apporte mon quartier, lui répondit Mathurin; et il tira en même temps de sa poche un sac de cuir plein d'argent. Ne soyez pas fâché, continua-t-il, de ce

que j'ai tardé quelques jours à venir. Les chemins étaient
si rompus, qu'il ne m'a pas été possible de voiturer plus tôt
mon grain au marché.

— Je ne suis point fâché contre vous, répliqua M. Dublanc : je sais que vous êtes un honnête homme, et qu'on
n'a pas besoin de vous faire souvenir de vos engagements.
En même temps il fit avancer une table pour que le fermier
comptât ses espèces.

Roger ouvrait de grands yeux à la vue des écus de
Mathurin; et il parut le regarder avec plus de considération.

Lorsque M. Dublanc eut vérifié les comptes du fermier,
et loué leur justesse, celui-ci tira de son panier une boîte
de fruits séchés au four :

— Voici ce que j'ai apporté pour vos enfants, dit-il. Ne
voudriez-vous pas, Monsieur, leur faire prendre, quelqu'un
de ces jours, l'air de la campagne? Je tâcherais de les
régaler de mon mieux, et de leur donner de l'amusement.
J'ai de bons chevaux : je viendrais les prendre moi-même,
et je les ramènerais dans ma carriole. M. Dublanc lui
promit de l'aller voir, et voulut l'engager à dîner avec lui.
Mathurin le remercia de sa gracieuse invitation, et s'excusa
de ne pouvoir y répondre sur ce qu'il avait quelques em-
plettes à faire dans la ville, et beaucoup d'empressement à
regagner sa ferme.

M. Dublanc lui fit remplir son panier de gâteaux pour
ses enfants, le remercia du cadeau qu'il avait fait aux
siens, et après lui avoir souhaité des forces pour ses rudes

travaux, et de la santé pour sa famille, il le reconduisit jusque sur l'escalier, et le laissa partir.

A peine fut-il descendu, que Sophie, en présence de ses frères, instruisit son père de la réception grossière qu'ils avaient faite à l'honnête Mathurin.

M. Dublanc marqua son mécontentement à Roger et à Alexandre, et loua en même temps Sophie de sa conduite.

— Je vois, dit-il en la baisant au front, que ma Sophie sait comment on doit se comporter euvers d'honnêtes gens. Comme c'était l'heure du déjeuner, il se fit apporter les fruits secs du fermier, et en mangea une partie avec sa fille. Ils les trouvèrent l'un et l'autre excellents. Roger et Alexandre assistèrent au déjeuner, mais ils ne furent point invités à goûter des fruits. Ils les dévoraient des yeux. M. Dublanc ne fit pas semblant de s'en apercevoir. Il reprit l'éloge de Sophie, et l'exhorta à ne jamais mépriser personne pour la simplicité de ses habits. Car, disait-il, si nous n'en agissons poliment qu'avec ceux qui sont d'une parure brillante, nous avons l'air d'adresser nos civilités à l'habit même plutôt qu'à la personne qui le porte. Les gens les plus grossièrement vêtus sont quelquefois les plus honnêtes; nous en avons un exemple dans Mathurin. Non-seulement il trouve dans son travail le moyen de se nourrir, lui, sa femme et ses enfants, mais encore, depuis quatre ans qu'il est mon fermier, il paie si exactement ses termes, que je n'ai jamais eu le moindre reproche à lui faire à ce sujet. Oui, ma chère Sophie, si cet homme-là n'était pas si honnête, je ne pourrais fournir à la dépense de ton entretien et de celui de tes frères. C'est lui qui vous habille, et

8

qui vous procure une bonne éducation; car c'est pour vos vêtements et pour les leçons de vos maîtres que je réserve la somme qu'il me paie à chaque quartier.

Lorsque le déjeuner fut fini, il ordonna qu'on en serrât les restes dans le buffet. Roger et Alexandre les suivirent d'un œil affamé, et ils comprirent bien que ce n'était pas pour eux qu'on les gardait. Leur père acheva de les confirmer dans cette idée.

— Ne vous attendez pas, leur dit-il, à goûter aujourd'hui ni un autre jour de ces fruits. Lorsque le fermier qui vous les apportait aura lieu d'être content de vous, il n'oubliera pas de vous en envoyer.

ROGER. Mais, mon papa, est-ce ma faute s'il sentait si mauvais.

M. DUBLANC. Que sentait-il donc?

ROGER. Une odeur insupportable de fumier.

M. DUBLANC. D'où peut-il avoir contracté cette odeur?

ROGER. C'est qu'il est tous les jours à en voiturer dans les champs.

M. DUBLANC. Que devrait-il faire pour s'en garantir?
ROGER. Il faudrait... il faudrait.

M. DUBLANC. Il faudrait peut-être qu'il ne fumât point ses terres?

ROGER. Il n'y a que ce moyen.

M. DUBLANC. Mais s'il n'engraissait pas ses champs, comment pourrait-il y recueillir une abondante moisson! Et s'il n'en faisait que de mauvaises, comment viendrait-il à bout de me payer le prix de sa ferme? Roger voulait

répliquer; mais son père lui lança un regard où Alexandre
et lui lurent aisément son indignation.

Le dimanche suivant, de grand matin, le bon Mathurin
était à la porte de M. Dublanc. Il lui fit demander s'il ne
serait pas bien aise de venir faire un tour à sa ferme.
M. Dublanc, sensible à cette attention, ne voulut pas le
mortifier par un refus. Roger et Alexandre prièrent instam-
ment leur père de les mettre de la partie; et ils promirent
de se conduire plus honnêtement. M. Dublanc se rendit à
leurs instances. Ils montèrent d'un air joyeux dans la carriole, et comme le fermier avait d'excellents chevaux, et
qu'il savait bien les conduire, ils furent arrivés chez lui
avant de s'en douter.

Qui pourrait peindre leur joie, lorsque la voiture s'arrêta! Claudine, femme de Mathurin, se présenta, d'un air
riant, à la portière, l'ouvrit en saluant ses hôtes, prit les
enfants dans ses bras pour les poser à terre, les embrassa,
et les conduisit dans la cour. Tous ses propres enfants y
étaient en habit de grandes fêtes.

— Soyez les bien-venus, dirent-ils aux jeunes messieurs,
en les saluant avec respect. M. Dublanc aurait bien voulu
causer un moment avec eux, et les caresser; mais la fermière le pressa d'entrer, de peur de laisser refroidir
le café.

Il était déjà servi sur une table couverte d'un linge
éblouissant de blancheur. La cafetière n'était ni d'argent
ni de porcelaine; elle était, ainsi que les tasses, d'une
faïence grossière, mais fort propre. Roger et Alexandre se
regardèrent en-dessous; et ils auraient éclaté de rire, s'ils

n'avaient craint de fâcher leur père. Claudine avait cependant remarqué à leur mine sournoise ce qu'ils pensaient. Elle s'excusa, et leur dit qu'ils auraient sans doute été mieux servis chez eux; mais qu'il fallait se contenter de ce qui était offert de bon cœur chez de pauvres gens.

Avec le café on servit des galettes d'un goût si exquis, qu'on vit bien que la fermière avait mis tout son art à les pétrir et à les cuire. Après le déjeuner, Mathurin engagea M. Dublanc à donner un coup d'œil à son verger et à ses terres. M. Dublanc y consentit. Claudine se donna toutes les peines possibles pour rendre cette promenade agréable aux enfants. Elle leur montra tous ses troupeaux qui couvraient les prairies, et leur donna à caresser les plus jolis agneaux. Elle les conduisit ensuite à son colombier. Tout y était propre et vivant. Il y avait sur le sol deux jeunes colombes qui venaient de quitter leur nid, mais qui n'osaient pas encore se confier à leurs ailes naissantes. On voyait des mères qui couvaient leurs œufs dans des paniers, d'autres qui s'occupaient à donner la nourriture aux petits qui venaient d'éclore. Ils allèrent du colombier aux ruches. Claudine eut soin qu'ils n'en approchassent pas de trop près. Elle les mit cependant à portée de pouvoir remarquer le travail des abeilles.

Comme la plupart de ces objets étaient nouveaux pour les enfants, ils en parurent très-satisfaits. Ils allaient même les passer une seconde fois en revue, si Thomas, le plus jeune des fils de Mathurin, ne fût venu les avertir que le dîner les attendait. Ils furent servis en vaisselle de terre et en couverts d'étain et d'acier. Roger et Alexandre étaient encore si pleins du plaisir de leur matinée, qu'ils eurent honte de se livrer à leur humeur railleuse. Ils trouvèrent tout d'un goût exquis. Il est vrai que Claudine s'était surpassée pour les bien traiter.

Au dessert, M. Dublanc aperçut deux violons suspendus à la muraille.

— Qui joue ici de ces instruments? demanda-t-il.

— Mon fils aîné et moi, répondit le fermier; et, sans **en** dire davantage, il fit signe à Lubin de décrocher les violons. Ils jouèrent tour à tour des airs champêtres si tendres et si gais, que M. Dublanc leur en exprima sa satisfaction de la manière la plus flatteuse.

Comme ils allaient remettre les instruments à leur place :

— Or ça, Roger, et toi, Alexandre, leur dit **M. Dublanc,** c'est à présent votre tour. Jouez-nous quelques-uns de **vos** plus jolis airs. En disant ces mots, il leur mit les violons entre les mains; mais ils ne savaient pas même comment tenir leur archet; et il s'éleva une risée générale à leur confusion.

M. Dublanc pria le fermier de mettre les chevaux pour les ramener à la ville. Mathurin lui fit les plus vives instances pour l'engager à passer la nuit chez lui; mais enfin il fut obligé de se rendre aux représentations de M. Dublanc.

— Eh bien! Roger, dit M. Dublanc à son fils, en s'en retournant, comment te trouves-tu de ton petit voyage?

ROGER. Fort bien, mon papa. Ces bonnes gens ont fait de leur mieux pour nous procurer bien du plaisir.

M. Dublanc. Je suis enchanté de te voir satisfait. Mais si Mathurin ne s'était pas empressé de te faire les honneurs de sa maison, s'il ne t'avait pas présenté le moindre rafraîchissement, aurais-tu été aussi content que tu le parais?

Roger. Non, certes.

M. Dublanc. Qu'aurais-tu pensé de lui?

Roger. Que c'eût été un paysan grossier.

M. Dublanc. Roger! Roger! cet honnête homme est venu chez nous, et loin de lui offrir aucun rafraîchissement, tu t'es moqué de lui. Qui sait donc le mieux vivre, de toi ou du fermier?

Roger, *en rougissant.* Mais c'est son devoir de nous bien accueillir. Il tire du profit de nos terres.

M. Dublanc. Qu'appelles-tu du profit?

Roger. C'est qu'il trouve son compte à recueillir les moissons de nos champs et le foin de nos prairies.

M. Dublanc. Tu as raison. Un laboureur a besoin de tout cela. Mais que fait-il du grain?

Roger. Il s'en nourrit, lui, sa femme et ses enfants.

M. Dublanc. Et du foin?

Roger. Il le donne à manger à ses chevaux.

M. Dublanc. Et que fait-il de ses chevaux?

Roger. Il les emploie à labourer les terres.

M. Dublanc. Ainsi, tu vois qu'une partie de ce qu'il tire de la terre y retourne. Mais crois-tu qu'il consomme tout le reste avec sa famille et ses chevaux?

Roger. Les vaches en prennent aussi leur part.

ALEXANDRE. Et ses moutons aussi, ses pigeons et ses poules.

M. DUBLANC. Cela est vrai. Mais ses récoltes entières se consomment-elles dans sa maison?

ROGER. Non. Je me souviens de lui avoir entendu dire qu'il en portait une partie au marché, pour en avoir de l'argent.

M. DUBLANC. Et cet argent, qu'en fait-il?

ROGER. J'ai vu la semaine dernière qu'il vous en apportait son sac de cuir tout plein.

M. DUBLANC. Tu vois maintenant qui tire le plus grand profit de mes terres, du fermier ou de moi. Il est vrai qu'il nourrit ses chevaux du foin de mes prairies; mais aussi ses chevaux servent à labourer les champs, qui, sans ces labours, seraient épuisés par les mauvaises herbes. Il nourrit aussi de mon foin ses moutons et ses vaches; mais le fumier qu'il en retire est porté dans les guérets, et sert à les rendre fertiles. Sa femme et ses enfants se nourrissent du grain de mes moissons; mais aussi ils passent tout l'été à sarcler les blés, ensuite à les scier, et puis à les battre, et ces travaux tournent encore à mon profit. Le superflu de ses récoltes, il le porte au marché pour le vendre; mais c'est pour me donner l'argent qu'il en reçoit. Supposé qu'il en reste quelque partie pour lui, n'est-il pas juste qu'il trouve une récompense de ses travaux? Encore un coup, dis-moi qui de nous deux tire le plus grand profit de mes terres?

ROGER. Je vois bien à présent que c'est vous.

M. DUBLANC. Et sans ce fermier, aurais-je ce profit?

ROGER. Oh! il y a tant de fermiers dans le monde!

M. DUBLANC. Tu as raison; mais il n'y en a point de plus honnête que celui-ci. J'avais autrefois affermé cette métairie à un autre. Il épuisait les terres, abattait les arbres, et laissait dépérir les bâtiments. Lorsque le terme des quartiers arrivait, il n'avait jamais d'argent à me donner; et quand je voulus m'en plaindre, il me fit voir que dans tout ce qu'il possédait il n'avait pas assez de quoi s'acquitter envers moi.

ROGER. Ah! le coquin.

M. DUBLANC. Si celui-ci l'était de même, aurais-je un grand profit de mes biens?

ROGER. Vraiment non.

M. DUBLANC. A qui ai-je donc obligation de ce que j'en retire?

ROGER. Je vois que vous le devez à cet honnête fermier.

M. DUBLANC. N'est-il donc pas de notre devoir de bien accueillir un homme qui nous rend de si grands services?

ROGER. Ah! mon papa, vous me faites bien sentir le tort que j'ai eu.

Pendant quelques minutes, il régna entre eux un profond silence. M. Dublanc reprit ainsi l'entretien :

— Roger, pourquoi n'as-tu pas joué du violon?

ROGER. Vous savez, mon papa, que je n'ai jamais appris.

M. DUBLANC. Le fils de Mathurin sait donc quelque chose que tu ne sais pas?

ROGER. Cela est vrai, mais aussi entend-il comme moi le latin?

M. DUBLANC. Et toi, sais-tu labourer? sais-tu conduire

un attelage? sais-tu comment on sème le froment, l'orge,
l'avoine, et tous les autres grains? comment on les cultive?
Saurais-tu seulement tailler un pied de vigne, et gouverner
un arbre pour avoir de beaux fruits?

ROGER. Je n'ai pas besoin de savoir tout cela, je ne suis
pas fermier.

M. DUBLANC. Mais si tous les habitants de la terre ne
savaient autre chose que du latin, comment irait le monde?

ROGER. Fort mal. Où trouverions-nous du pain et des
légumes?

M. DUBLANC. Et le monde pourrait-il se soutenir, quand
bien même personne ne saurait du latin?

ROGER. Je pense qu'oui.

M. DUBLANC. Souviens-toi donc toute ta vie de ce que
tu viens de voir et d'entendre. Ce fermier si grossièrement
vêtu, qui t'a fait un salut et un compliment si mal tournés,
cet homme-là est plus poli que toi, sait beaucoup plus de
choses, et des choses bien plus utiles. Ainsi, tu vois combien il est injuste de mépriser quelqu'un pour la simplicité
de ses habits, ou le peu de grâces de ses manières.

LE DÉSORDRE ET LA MALPROPRETÉ.

Urbain passait, à juste titre, pour un excellent petit
garçon. Il était doux et officieux pour ses amis, obéissant
envers ses maîtres et ses parents.

Il n'avait qu'un défaut. C'était de ne prendre aucun soin de ses livres et de ses petits effets, d'être fort négligé dans sa parure, et très-sale sur ses habits.

On l'avait souvent repris de sa négligence. Ces reproches l'affligeaient pour lui-même, et parce qu'il voyait ses amis les lui faire avec regret. Il avait mille fois résolu de se corriger; mais l'habitude était devenue si forte, que c'était toujours le même désordre et la même malpropreté.

Il y avait longtemps que son papa lui avait promis, ainsi qu'à ses frères, de leur donner le plaisir d'une promenade sur l'eau.

Le temps se trouva un jour très-serein. Le vent était doux, la rivière tranquille. M. de Saint-André résolut d'en profiter. Il fit appeler ses enfants, leur annonça son projet; et, comme sa maison donnait sur le port, il prit la peine d'y aller lui-même choisir une petite chaloupe, la plus jolie qu'il put trouver.

Comme toute la jeune famille se réjouit! Avec quel empressement chacun se hâta de faire ses préparatifs pour une partie de plaisir si longtemps attendue!

Ils étaient déjà prêts, lorsque M. de Saint-André revint pour les prendre. Ils sautaient de joie autour de lui. De son côté, il était ravi de leur joie. Mais quelle fut sa surprise, en jetant les yeux sur Urbain, de voir l'état pitoyable de son accoutrement!

L'un de ses bas était descendu sur le talon; l'autre se roulait à longs plis autour de sa jambe, qui ne représentait pas mal une colonne torse. Sa culotte avait deux grands yeux ouverts à l'endroit du genou. Sa veste était toute

marquetée de taches de graisse et d'encre, et il manquait à
son surtout la moitié du collet.

M. de Saint-André vit avec peine qu'il ne pouvait se
charger d'Urbain dans un pareil état. Tout le monde aurait
eu raison de croire que le père d'un enfant si désordonné
devait être aussi désordonné lui-même, puisqu'il souffrait
ce défaut dégoûtant dans son fils. Et comme il avait des
qualités plus heureuses pour se faire distinguer par ses
concitoyens, il n'était pas excessivement jaloux de cette
nouvelle renommée.

Urbain avait bien un autre habit; malheureusement il se
trouvait alors chez le tailleur; et ce n'était pas pour peu
de chose. Il ne s'agissait de rien moins que d'y recoudre
un pan qui s'était détaché. Le dégraisseur devait ensuite
en avoir pour deux ou trois jours de besogne à le remettre
à neuf.

Qu'arriva-t-il, mes amis? Vous le devinez sans peine.

Ses frères, qui avaient des habits propres, et dont tout
l'équipage faisait honneur à leur papa, montèrent avec lui
dans la chaloupe. Elle était peinte en bleu, relevée par des
bordures d'un rouge éclatant. Les rames et les banderolles
étaient bariolées de ces deux couleurs. Les matelots por-
taient des vestes d'une blancheur éblouissante, avec de
larges ceintures vertes autour de leur corps, de gros bouquets de fleurs à leur côté, de grands panaches de plumes
à leurs chapeaux. Il y avait dans le fond, près du gouver-
nail, trois hommes avec un hautbois, un fifre et un tam-
bour, qui commencèrent à jouer sur les instruments une
marche guerrière, aussitôt que la chaloupe s'éloigna du

bord. Le peuple, assemblé sur le rivage, y répondait par de joyeuses clameurs.

Urbain, qui s'était fait une si grande fête de cette promenade, fut obligé de rester à la maison. Il est vrai qu'il eut le plaisir de voir de sa fenêtre cet embarquement, de suivre de l'œil la chaloupe, dont un vent léger enflait les voiles, et qui paraissait voler sur la surface des eaux, et que ses frères, à leur retour, voulurent bien lui raconter tous les amusements de leur journée, dont le seul récit les faisait tressaillir de joie.

Un autre jour, comme il s'amusait dans une prairie à cueillir des fleurs avec un de ses amis, pour en faire un bouquet à sa maman, il perdit une de ses boucles.

Au lieu de s'occuper à la chercher, il pria son camarade, qui restait aussi pour arranger le bouquet, de lui prêter une des siennes, parce qu'en marchant sur les oreilles pendantes de son soulier, il avait déjà trébuché deux ou trois fois.

Son ami lui prêta volontiers sa boucle. Urbain, pressé de courir, l'attacha si négligemment, qu'au bout d'un quart d'heure elle était déjà hors de son pied.

Ils se trouvèrent fort embarrassés quand il fut question de rentrer au logis. La nuit était venue; et l'herbe était si haute, qu'un agneau se serait caché sous son épaisseur. Le moyen d'y retrouver, dans l'obscurité, quelque chose d'aussi petit? Ils s'en retournèrent clopin-clopant, s'appuyant l'un sur l'autre, et tous les deux fort tristes; Urbain surtout, qui, doué d'un caractère très-sensible, avait à se reprocher d'exposer son ami à la colère de ses parents.

Le lendemain, il se présenta devant toute sa famille assemblée, avec une seule boucle pour ses deux souliers. Triste coup d'œil pour un père, qui voyait par-là combien ses leçons avaient été vainement prodiguées.

M. de Saint-André payait tous les dimanches une petite pension à ses enfants, pour leur donner le moyen de satisfaire aux fantaisies de leur âge, et surtout de leur générosité. Les frères d'Urbain avaient le plaisir de l'employer à un usage si doux. Mais pour lui, sa pension ne lui passait presque jamais dans les mains, parce que son père la retenait, tantôt pour lui acheter des boutons de manches, un col, ou son chapeau qu'il avait égarés, tantôt pour lui faire détacher ses habits, et réparer leur désordre.

Une boucle d'argent est d'un certain prix. Ce n'était pas tout encore, il avait perdu celle de son camarade, et il fallait l'en dédommager tout de suite. Mais comment? ses pensions de la semaine n'auraient pu y suffire de plus de trois mois.

Heureusement son père lui avait fait apprendre à écrire, et, pour me servir de l'expression commune, il avait une assez jolie main.

C'était le seul travail où il pût gagner quelque chose. Je dois convenir, à sa louange, qu'il se prêta de fort bonne grâce à l'arrangement qui lui fut proposé.

Le père de son ami était un avocat célèbre, qui donnait tous les jours un grand nombre de consultations. M. de Saint-André lui offrit de les faire mettre au net par Urbain, jusqu'à ce qu'il eût gagné de quoi payer la boucle de son ami, qu'il avait perdue.

Urbain passait les heures de ses récréations à copier des écrits de procédures fort ennuyeux, et tout griffonnés, tandis que ses frères allaient se promener à la campagne, ou qu'ils s'amusaient avec leurs camarades à jouer dans le jardin.

Oh! combien il soupira de son étourderie! et combien, dans un petit nombre de jours, elle lui fit perdre de plaisirs!

Il eut le temps de faire bien des réflexions sur lui-même, et de former, pour l'avenir, de bonnes résolutions, que son expérience lui a fait suivre fidèlement. Si je vous le montrais, mes chers amis, en voyant l'air de propreté qui règne aujourd'hui dans sa parure, et l'arrangement qu'il observe dans tout ce qui lui appartient, vous ne croiriez jamais que c'est la même personne dont je viens d'écrire l'histoire pour vous instruire, autant que pour vous amuser.

LE DUEL.

Melcour fut privé de ceux à qui il devait le jour, dans un âge où il ne pouvait sentir toute l'étendue de cette perte. Un de ses oncles le retira chez lui, le fit élever avec son fils, et prit le plus grand soin de leur éducation. Florainville et Melcour, unis par les liens du sang, le furent bientôt par ceux de l'amitié, que l'habitude de vivre ensemble augmenta de plus en plus. Leur naissance les appelait au service. Dès qu'ils eurent l'âge requis pour y entrer, on leur obtint de l'emploi dans le même régiment. Florainville avait toujours fui l'étude. La dissipation qu'entraîne l'état militaire en temps de guerre principalement (et nous y étions alors), ne contribua qu'à l'en éloigner davantage. Pour Melcour, il joignait à beaucoup d'esprit l'envie de le cultiver. Ses occupations avaient été sagement dirigées. Un caractère honnête, doux, sensible et complaisant, et des réflexions profondes, lui firent abhorrer, sur toutes choses, la criminelle pratique du duel, trop en vogue dans le temps qu'il commença à servir.

La différence des goûts diminua peu à peu l'amitié qui était entre ces deux jeunes gens. L'amour du plaisir aveugla Florainville. Il se dérangea. Ses dettes s'accumulèrent. Melcour le plaignit, l'aida de sa bourse, et chercha à le retirer du précipice où il allait se plonger. Il lui représenta combien sa conduite l'avilirait aux yeux des gens sensés. Ceux même, lui disait-il, qui applaudissent à présent à vos faiblesses, seront les premiers à vous accabler des railleries les plus piquantes, dès qu'ils vous verront sans ressource. Ils se disent vos meilleurs amis ; vous les croyez... Ils vous ont éloigné de moi ; ils m'ont peint à vos yeux sous les traits les plus défavorables ; et s'ils ne sont point parvenus à éteindre l'amitié que vous m'avez jurée, au moins l'ont-ils affaiblie... Les méchants savent combien ma tendresse pour vous est sincère. Ils sont instruits des soins que j'ai pris jusqu'ici de vous éclairer sur leurs perfides desseins, et ils veulent m'en punir. O mon ami! s'ils parvenaient à m'enlever votre cœur, leurs succès ne seraient que trop complets. Mais je ne vous parle pas ici pour moi seul, mon cher Florainville. Au nom des sentiments qui unirent notre enfance, ne plongez pas le poignard dans le sein du meilleur des pères. S'il était témoin des excès auxquels vous vous abandonnez, il en mourrait de douleur.

Tous ces discours accablèrent Florainville; il promit de changer; mais ses perfides compagnons de débauche lui présentèrent le crime sous des dehors si séduisants, qu'il fut trop faible pour résister. Melcour, sachant qu'après avoir perdu au jeu des sommes considérables, il était allé dissiper son chagrin dans un lieu infâme, osa l'y aller trouver, et lui rappela avec force ses devoirs, et les promesses qu'il avait faites de les remplir.

Florainville ne se connaissait plus; il se porta contre son cousin à des excès inexcusables. Il tira son épée. Melcour refusant de se battre, ce furieux lui tint les propos les plus insultants. Dans sa rage, il l'eût frappé, si quelque reste de raison ne l'eût arrêté. Son cousin, toujours aussi tranquille, ne se laissa pas émouvoir; malgré tout ce qui rendait Florainville indigne de partager sa tendresse, il ne vit en lui qu'un parent dont il était l'ami.

Celui-ci, ébranlé par cette égalité d'âme, revient à lui-même; il a honte de ses emportements; il en demande mille excuses. Sa grâce était dans le cœur de Melcour. Il ne la sollicite pas longtemps. Mille tendres embrassements furent le gage de leur réconciliation.

Un officier d'un autre régiment avait assisté à leur dispute : il avait été témoin du peu de retenue de Florainville; et le flegme de son cousin lui avait paru l'effet de son peu de courage. Il ne manqua pas d'en faire des plaisan-

teries très-fortes; elles furent entendues de quelques-uns
des camarades de Melcour. Dans la carrière de l'honneur,
le moindre soupçon paraît injurieux. On fit les recherches
les plus exactes, et l'on découvrit ceux qui avaient donné
lieu aux propos de toute la garnison. On leur fait dire que
le corps a été insulté en leurs personnes, et que c'est à eux
à le venger. Ils n'ont pas même le choix des moyens. Si ce
qu'on raconte de leur dispute est vrai, ils doivent se battre,
ou égorger celui qui a eu l'audace d'en imposer avec autant
de malignité. Qu'on se peigne la situation de Melcour! Ses
principes lui défendent le duel; et, s'il cède aux cruelles
volontés de son corps, il se trouve réduit à l'affreuse néces-
sité de plonger son épée dans le sein de son semblable, de
son parent, de son ami. Il a beau représenter les motifs qui
l'ont guidé, on ne lui répond qu'en désignant l'endroit où
il doit se rendre, et les armes qu'il doit apporter. Rien
n'égale son désespoir. Il se retire chez lui. Florainville,
qui vient le chercher, le trouve les coudes appuyés sur une
table, son visage couvert de ses mains; ses larmes coulent
en abondance; il n'interrompt ses sanglots que pour répéter
le nom de Florainville. A ce spectacle, celui-ci ne se possé-
dant plus, se précipite aux genoux de son ami. Sa vue
retrace à Melcour toute l'horreur de son état; il le
repousse...

— Quoi! dans un moment je dois te poignarder, et tu
t'offres à mes yeux!... Il tombe dans les bras de son
cousin; ses pleurs coulent avec plus de force. O Florainville! dit-il d'une voix étouffée, si ma main t'arrache la vie,
je ne te survivrai pas. Que dirai-je à ton père? Hélas! il

9

n'a donc pris tant de soins de mes premières années que pour me voir teint du sang de son fils... Oh! malheureux vieillard! quel que soit le succès de cet horrible combat, il sera pour ton cœur paternel une source de larmes.

Dans le moment, quelques officiers forcent la porte : ils viennent pour avertir Melcour qu'il ne peut se faire attendre plus longtemps; que c'est donner lieu de soupçonner sa valeur. Quel affreux moment! Ces deux amis se tiennent étroitement embrassés. Ils ne répondent que par des sanglots.

Cependant Florainville, chez qui le cruel honneur parle encore plus haut que l'amitié, rompt le premier ce douloureux silence. Il se lève, tend les bras à Melcour qu'il n'ose regarder. Alors celui-ci...

— Quoi! tu veux, barbare, que j'aille... Non, cruel, non : que vos vains préjugés me déshonorent; j'y consens. Je ne serai pas homicide... Vous voulez ma mort : eh bien! venez vous-même m'arracher une vie que je déteste. Il se lève, se promène à grands pas. M'armer contre lui! s'écrie-t-il. Florainville; je te verrai expirer de ma main!... et ton père... il me redemandera son fils... — Où est mon fils? où est mon fils? et je serai couvert de son sang!... — Quel crime avait-il commis pour que ton bras... — Aucun, aucun, ô mon second père!... La vengeance ne m'a point égaré... C'est en nous embrassant que nous avons tourné nos épées l'un contre l'autre... Un barbare préjugé m'a aveuglé; il est tombé sous mes coups, victime d'un faux honneur... Non... non, ô Florainville!

A ces mots, il se jette sur son cousin, le serre étroitement contre son sein. — Je ne serai point ton assassin, non... et vous, retournez vers ceux qui vous ont envoyés : dites-leur que Melcour préfère un prétendu déshonneur à un crime... au plus affreux des crimes... Son sort est décidé par cette réponse. Ses camarades viennent lui annoncer, avec tous les témoignages d'un sincère regret, qu'il ne peut plus être membre du corps, puisqu'il a refusé de se battre.

Qu'on se peigne Florainville, écoutant cet arrêt. C'est lui qui a plongé Melcour dans cet abîme de maux. Le déshonneur de son cousin est l'ouvrage de ses dérèglements. Tout ne fait qu'augmenter son désespoir : on en craignait les suites; on l'arrache malgré lui à cette scène de douleur.

Melcour, resté seul, ne balance pas longtemps sur le parti qu'il doit prendre, il ne retournera pas dans sa province pour essuyer des mépris qu'il n'a pas mérités. En attendant que sa malheureuse aventure y soit oubliée, ou présentée sous son véritable point de vue, il va chercher à perfectionner, par des voyages, les connaissances qu'il possède. Dans la nuit même, il fait tout préparer pour son départ, et écrit une lettre à son cousin, dans laquelle il indique les moyens de lui faire passer ses revenus, dont son âge lui permet de disposer. Il instruit Florainville de ses projets de voyages.

— Quant à vous, ajoute-t-il, apprenez notre sort à mon oncle; qu'il sache qu'on a voulu me forcer à vous égorger, qu'il en frémisse! et si ces barbares, dont un faux honneur est le seul guide, me croient indigne de servir ma patrie, qu'au moins votre père applaudisse aux efforts courageux

que j'ai faits pour nous épargner un crime... Quelle
leçon!... vous en profiterez, ô mon cher Florainville! Déjà
votre aveuglement a cessé... aimez-moi, aimez-moi toujours! et si vous m'avez rendu votre cœur, gardez-vous de
me croire malheureux.

Dès la pointe du jour, il part, accompagné d'un seul
domestique. Il avait fait trois ou quatre lieues ; il aperçoit
à quelque distance du chemin un parti ennemi sur le point
de mettre en déroute un corps moins considérable des
nôtres. Il ne peut voir des Français prêts à être vaincus,
sans brûler de les secourir : la grandeur du danger dispa-
raît à ses yeux ; et, n'écoutant que la gloire, ce même
Melcour, de la valeur duquel ses camarades ont osé douter,
vole sur le champ de bataille, fait des prodiges, enlève un
drapeau aux ennemis, et les Français sont vainqueurs.

L'officier général qui commandait ce détachement, enchanté de la bravoure du jeune inconnu, le prie avec
instance de lui dire son nom.

—Je me ferai connaître dans un instant, Monsieur, lui
répondit-il; mais, permettez que je vous demande quelle
est votre destination actuelle.

—Je vais prendre le commandement de la garnison
voisine (c'était celle d'où Melcour venait de sortir.)

— Eh bien! j'aurai l'honneur de vous accompagner, et
c'est là que je veux recevoir les éloges que votre bonté
daigne me prodiguer.

Ils arrivent :

— Monsieur, lui dit Melcour, la seule grâce que je vous
demande, c'est de convoquer chez vous les officiers du

régiment de *** (celui qu'il a quitté). Ils se rassemblent. Melcour paraît.

— Reconnaissez, Messieurs, leur dit-il, la victime infortunée d'un faux honneur qui vous rend injustes et cruels, et auquel cependant vous vous sacrifiez presque tous. Parce que j'ai refusé de tremper mes mains dans le sang d'un parent dont je suis l'aîné, et qui effaça la faute la plus légère pàr les larmes du plus sincère repentir; parce que j'ai écouté la voix de l'humanité et de la religion, parce que j'ai respecté les lois de l'Etat, vous m'avez jugé indigne de porter les armes pour ma patrie. Les préjugés vous ont aveuglés : vous n'avez pas craint de m'accuser de lâcheté ; je me suis vengé de cette accusation injurieuse, et ce drapeau que j'ai enlevé aux ennemis de mon roi, rend un témoignage assez glorieux de ma valeur.

Tous ses camarades l'entourent, l'embrassent, et réparent, par les éloges qu'ils lui prodiguent, et par les excuses qu'ils lui font, le soupçon odieux qu'ils avaient osé former contre lui.

Le général, étonné, attendri de la grandeur d'âme que vient de déployer Melcour, le presse de reprendre son rang, en attendant qu'il puisse rendre compte au ministre d'une aussi belle action. Melcour cède à ses instances, unies à celles des officiers de son corps.

—Acceptez, lui dit l'officier général, l'emploi dont on voulait vous priver hier, comme un aveu tacite de l'injustice du préjugé qui vous condamnait; et puisse votre exemple, Monsieur, le déraciner entièrement! Puis, se tournant vers les officiers qui l'entouraient :

— Ce vertueux jeune homme vous apprend à ne pas
accuser de lâcheté celui qui, fidèle aux lois du véritable
honneur et de la patrie, refuse d'être un vil meurtrier.
Revenez, Messieurs, de la funeste erreur qui vous fait voir
l'homme vraiment courageux dans celui qui ne craint pas
d'égorger son semblable pour laver une injure. Recon-
naissez-le plutôt dans celui dont l'âme est assez grande
pour renoncer au plaisir de la vengeance, remettez désormais à un jour de bataille à vider vos querelles particu-
lières. Que vos triomphes sur les ennemis de l'Etat soient
le supplice de celui qui vous aura offensé ; ou si l'insulte
que vous avez reçue l'exige, que les lois impriment à votre
adversaire une tache ineffaçable ; livrez-le à l'opprobre
public : mais que tous vos éloges soient réservés à Melcour,
et à ceux qui auront la magnanimité de suivre l'exemple
qu'il nous a donné en ce jour.

Pendant toute cette scène, qu'on se peigne les transports
de Florainville ; qu'on se le représente tenant son cousin
étroitement serré contre sa poitrine, l'arrosant des larmes
délicieuses de la joie. C'est dans cet heureux moment qu'il
abjure ses fatales erreurs ; et, fidèle cette fois aux promesses qu'il a faites, il n'est pas besoin de dire qu'il mérita,
ainsi que son vertueux ami, d'être élevé aux premiers
grades du service militaire.

LE TEMPS PERDU ET REGAGNE.

Les parents de Lucien étaient engagés dans des affaires de commerce si considérables, qu'il leur fut impossible de s'occuper eux-mêmes de son éducation. Ils avaient entendu parler d'une école célèbre, d'où il était sorti un grand nombre de jeunes gens distingués par les connaissances qu'ils y avaient acquises, et par les principes d'honneur qu'on leur y avait inspirés. Quoiqu'elle fût éloignée d'environ cent lieues de sa demeure, le père de Lucien y envoya son fils, en le recommandant avec les plus vives instances au directeur. Celui-ci, qui regardait chacun de ses élèves comme son propre enfant, n'épargna rien pour le corriger de ses défauts, l'exciter au travail, et faire naître en son âme des sentiments élevés. Les personnes qu'il avait associées à ses travaux cherchèrent aussi, de tout leur pouvoir, à le seconder dans ses louables dispositions.

Des soins si tendres n'eurent pas le succès qu'on en devait espérer. Lucien était d'un caractère inquiet et volage, qui lui faisait oublier dans l'instant même les sages conseils qu'on lui donnait. Pendant les heures destinées à l'étude, il laissait tellement égarer ses pensées, qu'il ne lui restait aucune attention pour les leçons de ses maîtres. Tous ses devoirs étaient sacrifiés aux plus frivoles amusements. Il apportait la même négligence dans le soin de sa personne et de ses livres. Ses vêtements étaient toujours en désordre, et, malgré l'agrément de sa figure, on ne pouvait l'approcher qu'avec un mouvement de dégoût.

Il est aisé de sentir combien cette légèreté fut nuisible à son avancement. Tous ses camarades le laissaient loin derrière eux dans leurs progrès. Il n'y avait pas même jusqu'aux plus petits, reçus longtemps après lui dans l'école, qui ne l'eussent bientôt surpassé et qui ne le regardassent avec mépris. Lorsqu'il venait quelques étrangers de distinction, on avait grand soin de l'écarter de leurs yeux, de peur qu'il ne fît tort à ses camarades par son air sauvage et sa malpropreté. Jamais il n'avait paru dans les exercices que l'on fait ordinairement en public à la fin de l'année. Son ignorance eût suffi pour décréditer une pension.

Toutes ces disgrâces humiliantes ne faisaient aucune impression sur lui. C'était toujours la même inconséquence, la même dissipation et le même désordre.

Ses précepteurs ne le voyaient qu'avec une tristesse secrète, et leur zèle pour son avancement se refroidissait de jour en jour. Ils se disaient souvent l'un à l'autre :

— Le pauvre Lucien! combien il se rend malheureux! Que vont dire ses parents, en le voyant revenir dans la maison paternelle avec si peu de connaissances et tant de défauts!

Deux années entières s'étaient ainsi écoulées sans le moindre fruit pour son éducation, lorsqu'il reçut un paquet fermé d'un cachet noir. Il l'ouvrit, et y lut la lettre suivante :

« Mon cher fils,

» Tu n'as plus de père. Le ciel vient de le ravir à notre
» amour. J'ai perdu, dans mon époux, mon protecteur et
» mon ami. Il n'est plus maintenant que toi sur la terre qui
» puisse apporter quelque soulagement à ma douleur, par
» des sentiments dignes de ma tendresse. Mais si tu trom-
» pais mon attente, s'il fallait renoncer à la douce espérance
» de voir revivre un jour dans ton cœur les vertus de celui
» que j'ai perdu, je n'aurais plus qu'à mourir de mon
» désespoir. Je t'envoie le portrait de ton père, et je te
» conjure de le suspendre au chevet de ton lit. Regarde-le
» souvent, pour t'exciter à devenir aussi honnête homme
» que lui. Je te laisserai passer le reste de cette année dans
» ta pension, afin que tu achèves de t'instruire et de te
» former. Songe que tu tiens en tes mains le destin de ma
» vie, et que ta tendre mère ne peut plus avoir un moment
» de bonheur que par toi. »

La dissipation de Lucien n'avait pas étouffé en lui les
sentiments de la nature. Cette lettre les réveilla tous à la
fois dans le fond de son âme. Il fondit en larmes, se tordit
les mains, et s'écria d'une voix entrecoupée de mille
sanglots :

— Ah ! mon père, mon père, tu m'es donc ravi pour
toujours !

Il prit le portrait, le porta sur son cœur et sur sa bouche,
et lui adressa ces paroles :

— O cher auteur de ma vie, tu as fait tant de dépenses
pour mon instruction, et je n'en ai pas profité ! Tu étais un

si brave homme, et moi... Non, je ne suis pas digne de me
nommer ton fils.

Il passa toute la journée à pousser ces plaintes amères.
Le soir il se mit au lit; mais il eut beau se tourner d'un
côté et de l'autre, le sommeil ne vint point fermer ses
yeux. Il lui semblait voir l'image de son père, qui lui
disait d'une voix terrible : Indigne enfant, j'ai sacrifié mon
repos et ma vie pour te rendre heureux, et tu déshonores
mon nom par ta conduite!

Il pensait ensuite à sa mère, et à la tristesse qu'il allait
lui causer, au lieu de la consolation qu'elle s'attendait à recevoir de son retour. Lorsque je paraîtrai devant ses yeux,
et que je n'aurai que de tristes témoignages à lui présenter
de mes instituteurs! lorsqu'elle voudra se faire honneur
dans le monde de l'éducation qu'elle m'a donnée, et que je
la forcerai de rougir! lorsqu'elle voudra m'aimer, et que je
ne mériterai que sa haine! O ciel! ma pauvre mère, je serai
peut-être la cause de sa mort! Ah! si j'avais mieux profité
des instructions qu'on m'a prodiguées! si je pouvais reprendre le temps précieux qui m'est échappé!

C'est ainsi qu'il se tourmentait : c'est ainsi que toute la
nuit il baigna son lit de ses larmes.

Aussitôt que le jour eut commencé à paraître, il se leva
précipitamment, courut à la chambre du directeur, se jeta
à ses pieds, et lui dit :

— Oh! Monsieur, vous voyez le plus malheureux enfant
qui soit au monde. Je ne vous ai pas écouté; je n'ai rien
appris de ce que je devrais savoir. Prenez pitié de moi. Je
ne veux pas faire mourir ma mère de douleur.

Le directeur fut vivement attendri par ces paroles touchantes. Il releva Lucien et l'embrassa.

— Mon cher ami, lui dit-il, puisque vous sentez votre faute, vous pouvez encore la réparer. Vous éprouvez combien il est cruel d'avoir des reproches à se faire. Avant d'en être si bien persuadé, vous n'étiez que blâmable; vous seriez désormais criminel. Deux années entières ont été perdues pour vous, et il ne vous reste que six mois pour les regagner. Jugez combien d'efforts vous aurez à faire. Il ne faut pas cependant vous décourager : il n'est rien dont on ne puisse venir à bout avec de la constance. Commencez dès ce moment. Venez me trouver chaque jour; il ne tiendra pas à mon zèle que vous ne soyez bientôt aussi content de vous-même, que vous avez sujet d'en être mécontent aujourd'hui.

Lucien ne put le remercier qu'en lui baisant les mains et en sautant à son cou.

Il courut de ce pas s'enfermer dans sa chambre pour répéter sa leçon. Il en fut de même les jours suivants. Ses maîtres, étonnés d'une application si soutenue, se mirent, dès ce moment, à cultiver avec plus de soin ses dispositions naturelles. Ses camarades, auxquels il avait inspiré tant de mépris, furent bientôt obligés de concevoir pour lui de l'estime. Encouragé par tous ces succès, Lucien redoublait chaque jour de vigilance et d'ardeur. Ce n'était plus cet enfant qui abandonnait ses devoirs pour se livrer à de folles dissipations; il fallait maintenant l'arracher à l'étude, pour lui faire goûter quelque délassement. L'ordre et la propreté succédèrent à la négligence. Il lui survenait bien quelquefois des retours vers ses premiers défauts; mais il n'avait besoin que de jeter un coup d'œil sur le portrait de son père, pour reprendre toute la fermeté de ses résolutions.

Les six mois que sa mère lui avait accordés pour perfectionner ses études, s'avançaient vers leur terme; et il les voyait s'écouler avec une extrême rapidité, parce qu'il savait en remplir tous les instants.

Enfin le moment de partir arriva. Le changement qui s'était opéré dans son caractère lui avait attaché si tendrement ses amis, que l'idée d'une cruelle séparation fit naître dans tous les cœurs les regrets les plus sensibles. Ses maîtres avaient de la peine à voir s'éloigner un sujet qui cemmençait à faire tant d'honneur à leurs soins; et il n'en avait pas moins à s'éloigner de ses maîtres, dont les sages conseils avaient si bien soutenu ses dispositions. Le directeur, en particulier, qui se félicitait de ses progrès comme de son propre ouvrage, ne pouvait se consoler de son départ; et ce sentiment se répandit avec abondance dans la lettre qu'il écrivit à la mère de Lucien, pour lui rendre le compte le plus avantageux de la conduite de son fils.

Pendant tout le voyage, Lucien ressentit les émotions les plus vives. Son cœur agité s'élançait vers la maison paternelle. Il ne craignait plus tant de se présenter aux yeux de sa mère, parce qu'il pouvait se rendre témoignage que depuis six mois il n'avait rien négligé pour son instruction. Cependant il se disait toujours : Insensé que je suis! ne pouvais-je pas faire la même chose il y a deux ans? Je serais aujourd'hui bien plus avancé. Combien de choses que j'ignore n'aurais-je pas apprises dans cet intervalle!

Ah! je me serais épargné bien des chagrins et des regrets!

Sa mère était allée à sa rencontre. Quelle joie pour elle de le revoir! Les lettres du directeur l'avaient instruite de son heureuse réforme. Celle qu'il lui apportait était encore plus flatteuse. Une mère ne demande qu'à se composer de nouvelles raisons d'aimer davantage son fils. Elle les trouvait dans l'idée qu'il n'avait entrepris de se corriger que par un sentiment de tendresse pour elle, et le plus doux avenir se dévoilait à ses regards maternels.

Lucien ne démentit point cette espérance. Après avoir employé les premiers jours à visiter ses parents et ses amis, il se remit au travail avec une nouvelle ardeur. L'habitude de s'occuper ayant développé son esprit, il eut bientôt acquis les connaissances dont il avait besoin pour se mettre à la tête des affaires de sa maison. Elles avaient un peu décliné depuis la mort de son père. Leur poids était au-dessus des forces d'une tendre veuve déjà trop accablée de sa douleur. Son activité, son exactitude et son intelligence les eurent bientôt rétablies. Un riche établissement qu'il forma, et l'ordre avec lequel il sut le conduire, le mirent en état de travailler lui-même à l'éducation de ses enfants nombreux. Il s'attacha surtout à leur faire bien sentir le prix inestimable du temps, pour leur épargner, par son expérience, le regret de l'avoir mal employé.

CLÉMENTINE ET MADELON.

Avant que le soleil s'élevât sur l'horizon pour éclairer la
plus belle matinée du printemps, la jeune Clémentine était
descendue dans le jardin de son père, afin de mieux goûter
le plaisir de déjeuner en parcourant ses longues allées.
Tout ce qui peut ajouter au charme qu'on éprouve dans ces
premières heures du jour se réunissait pour elle en ce
moment. Le souffle pur du zéphir portait dans tous ses
sens la fraîcheur et le calme. Son goût était flatté de la
douceur des friandises qu'elle savourait ; son œil, du tendre éclat de la verdure renaissante ; son odorat, du parfum
balsamique de mille fleurs : et pour que son oreille ne fût
pas seule sans plaisirs, deux rossignols allèrent se percher
près de là sur le sommet d'un berceau de verdure pour la
réjouir de leurs chansons de l'aurore. Clémentine était si
transportée de toutes ces sensations délicieuses, que des
larmes baignaient ses yeux, sans s'échapper cependant de
sa paupière. Son cœur, agité d'une douce émotion, était
pénétré de sentiments de tendresse et de bienfaisance. Tout
à coup elle fut interrompue dans son agréable rêverie par
le bruit des pas d'une petite fille qui s'avançait vers la
même allée en mordant, de grand appétit, dans un morceau
de pain bis.

Comme elle venait aussi dans le jardin pour se récréer,
ses regards erraient sans objet autour d'elle ; en sorte

qu'elle arriva près de Clémentine sans l'avoir aperçue. Dès qu'elle la reconnut, elle s'arrêta tout court un moment, baissa les yeux vers la terre, puis comme une biche effarouthée, et non moins légère, elle retourna précipitamment sur ses pas. Arrête! arrête! lui cria Clémentine; attends-moi donc, attends-moi; pourquoi te sauver? Ces paroles faisaient fuir encore plus vite la petite sauvage.

Clémentine se mit à la poursuivre; mais, comme elle était moins exercée à la course, il ne lui fut pas possible de l'atteindre. Heureusement la petite fille avait pris un détour, et l'allée où se trouvait Clémentine allait directement aboutir à la porte du jardin. Clémentine, aussi avisée que jolie, se glisse doucement le long de la charmille épaisse qui formait la bordure de l'allée, et elle arrive au dernier buisson à l'instant même où la petite fille était prête à le dépasser. Elle la saisit à l'improviste, en lui criant: Te voilà ma prisonnière! Oh! je te tiens! il n'y a plus moyen de te sauver.

La petite fille se débattait pour se débarrasser de ses mains. Ne fais donc pas la méchante, lui dit Clémentine; si tu savais le bien que je te veux, tu ne serais pas si farouche. Viens, ma chère enfant, viens un moment avec moi. Ces paroles d'amitié, et plus encore le son flatteur de la voix qui les prononçait, rassurèrent la petite fille; et elle suivit Clémentine dans un cabinet de verdure voisin.

— As-tu encore ton père? lui dit Clémentine en l'obligeant de s'asseoir auprès d'elle.

MADELON. Oui, mamselle.

CLÉMENTINE. Et que fait-il?

MADELON. Toute sorte de métiers pour gagner sa vie. Il vient aujourd'hui travailler à votre jardin, et il m'a menée avec lui.

CLÉMENTINE. Ah! je le vois là-bas, dans le carré de laitues. C'est le gros Thomas. Mais que manges-tu à ton déjeuner? Voyons, que je goûte ton pain. Ah! mon Dieu! il me déchire le gosier. Pourquoi ton père t'en donne-t-il pas de meilleur?

MADELON. C'est qu'il n'a pas autant d'argent que votre papa.

CLÉMENTINE. Mais il en gagne par son travail; et il pourrait bien te donner du pain blanc, ou quelque chose pour faire passer celui-ci.

MADELON. Oui, si j'étais sa seule enfant; mais nous sommes cinq, qui mangeons de bon appétit. Et puis l'un a besoin d'une camisole, l'autre d'une jacquette. Ça fait tourner la tête à mon papa qui dit quelquefois : J'aurai beau travailler, jamais je ne gagnerai assez pour nourrir et vêtir toute cette marmaille.

CLÉMENTINE. Tu n'as donc jamais mangé de confitures?

MADELON. Des confitures? Qu'est-ce que c'est que ça?

CLÉMENTINE. Tiens, en voici sur mon pain.

MADELON. Je n'en avais jamais vu de ma vie.

CLÉMENTINE. Goûtes-en un peu. Ne crains rien; tu vois bien que j'en mange.

MADELON, *avec transport*. Ah! mamselle, que c'est bon !

CLÉMENTINE. Je le crois, ma chère enfant; comment t'appelles-tu?

MADELON, *se levant et lui faisant une révérence.* Madelon, pour vous servir.

CLÉMENTINE. Eh bien! ma chère Madelon, attends-moi ici un moment. Je vais demander quelque chose pour toi à ma bonne, et je reviens aussitôt. Ne t'en va pas, au moins.

MADELON. Oh! je n'ai plus peur de vous!

Clémentine courut chez sa bonne, et la pria de lui donner encore des confitures pour en faire goûter à une petite fille qui n'avait que du pain sec pour déjeuner. La bonne se réjouit de la bienfaisance de son aimable élève. Elle lui en donna dans une tasse, avec un petit pain mollet; et Clémentine se mit à courir de toutes ses jambes avec le déjeuner de Madelon.

— Eh bien! lui dit-elle en arrivant, t'ai-je fait long-temps attendre? Tiens, ma chère enfant, prends donc. Laisse là ton pain noir, tu en mangeras assez une autre fois.

MADELON, *goûtant la confiture, et passant sa langue sur ses lèvres.* C'est comme du sucre. Je n'avais jamais rien mangé de si doux.

CLÉMENTINE. Je suis charmée que tu le trouves bon. J'étais bien sûre que cela te ferait plaisir.

MADELON. Comment! vous en mangez tous les jours? Nous ne connaissons pas ça, nous, pauvres gens.

CLÉMENTINE. J'en suis assez fâchée. Ecoute; viens me voir de temps en temps, je t'en donnerai. Mais comme tu as l'air de te bien porter? N'es-tu jamais malade?

MADELON. Malade? moi? jamais.

10

CLÉMENTINE. N'as-tu jamais de rhume? N'es-tu jamais enchifrenée?

MADELON. Qu'est-ce que c'est que ce mal?

CLÉMENTINE. C'est lorsqu'il faut tousser et se moucher sans cesse.

MADELON. Oh! ça m'arrive quelquefois; mais ce ne sont pas des maladies.

CLÉMENTINE. Et alors te fait-on rester au lit?

MADELON. Ha! ha! ma mère ferait un beau train, si je m'avisais de faire la paresseuse.

CLÉMENTINE. Mais qu'as-tu à faire? Tu es si petite!

MADELON. Ne faut-il pas aller, dans l'hiver, ramasser du chardon pour notre âne, et du bois pour la marmite? Ne faut-il pas, dans l'été, sarcler les blés, ou glaner? cueillir les pommes et les raisins dans l'automne? Ah! mamselle, ce n'est pas l'ouvrage qui nous manque.

CLÉMENTINE. Et tes sœurs se portent-elles aussi bien que toi?

MADELON. Nous sommes toutes éveillées comme des souris.

CLÉMENTINE. Ah! j'en suis bien aise! J'étais d'abord fâchée que Dieu semblât ne s'être pas embarrassé de tant de pauvres enfants; mais puisque vous avez la santé, je vois bien qu'il ne vous a pas oubliés. Je me porte bien aussi, quoique je ne sois pas sûrement aussi robuste que toi. Mais, ma chère enfant, tu vas nu-pieds; pourquoi ne mets-tu pas de chaussure?

MADELON. C'est qu'il en coûterait trop d'argent à mon

père s'il fallait qu'il nous en donnât à tous ; et il n'en donne à aucun.

CLÉMENTINE. Et ne crains-tu pas de te blesser ?

MADELON. Je n'y fais seulement pas attention. Le bon Dieu m'a cousu des semelles sous la plante des pieds.

CLÉMENTINE. Je ne voudrais pas te prêter les miens. Mais d'où vient que tu ne manges plus ?

MADELON. Nous nous sommes amusées à babiller, et il faut que j'aille ramasser de l'herbe. Il est bientôt huit heures. Notre bourrique attend son déjeuner.

CLÉMENTINE. Eh bien! emporte le reste de ton pain. Attends un peu. Je vais en ôter la mie, tu mettras la confiture dans le creux.

MADELON. Je vais le porter à ma plus jeune sœur. Oh! elle ne fera pas la petite bouche, celle-là! Elle n'en laissera pas une miette, quand elle aura commencé à le lécher.

CLÉMENTINE. Je t'en aime davantage d'avoir pensé à ta petite sœur.

MADELON. Je n'ai rien de bon sans lui en donner. Adieu, mamselle.

CLÉMENTINE. Adieu, Madelon. Mais souviens-toi de revenir demain à la même heure.

MADELON. Pourvu que ma mère ne m'envoie pas ailleurs, je me garderai bien d'y manquer.

Clémentine avait goûté la douceur qu'on sent à faire le bien. Elle se promena quelque temps encore dans le jardin, en pensant au plaisir qu'elle avait donné à Madelon, à la joie qu'aurait sa petite sœur de manger des confitures.

— Que sera-ce donc, se disait-elle, quand je lui donnerai

des rubans et un collier! Maman m'en a donné l'autre jour
d'assez jolis; mais la fantaisie m'en est déjà passée. Je
chercherai dans mon armoire quelques chiffons pour la
parer. Nous sommes de même taille; mes robes lui iront à
ravir. Oh! qu'il me tarde de la voir bien ajustée!

Le lendemain Madelon se glissa encore dans le jardin.
Clémentine lui donna des gâteaux qu'elle avait achetés
pour elle.

Madelon ne manqua pas d'y revenir tous les jours.
Clémentine ne songeait qu'à lui donner de nouvelles friandises. Lorsque ses épargnes n'y suffisaient pas, elle priait
sa maman de lui faire donner quelque chose de l'office, et
sa mère y consentait avec plaisir.

Il arriva cependant un jour que Clémentine reçut une
réponse affligeante. Elle priait sa mère de lui faire une
petite avance sur ses pensions de la semaine, pour acheter
des bas et des souliers à Madelon, afin qu'elle n'allât plus
nu-pieds. Non, ma chère Clémentine, lui répondit sa mère.

— Et pourquoi donc, maman?

— Je te dirai à table ce qui me fait désirer que tu sois un
peu moins prodigue envers ta favorite.

Clémentine fut surprise de ce refus. Elle n'avait jamais
tant soupiré que ce jour-là après l'heure du dîner. Enfin
on se mit à table.

Le repas était déjà fort avancé, sans que sa mère lui eût
dit la moindre des choses qui eût trait à Madelon. Enfin
un plat de chevrettes qu'on servit fournit à madame
d'Alençay l'occasion d'entamer ainsi l'entretien.

MADAME D'ALENÇAY. Ah! voilà le mets favori de ma

Clémentine, n'est-il pas vrai? Je suis bien aise qu'on nous en ait servi aujourd'hui.

CLÉMENTINE. Oui, maman, j'aime beaucoup les chevrettes; et voici la saison où elles sont excellentes.

MADAME D'ALENÇAY. Je suis sûre que Madelon les trouverait encore meilleures que toi.

CLÉMENTINE. Ah! ma chère Madelon! je crois qu'elle n'en a jamais vu. Si elle apercevait seulement ces longues moustaches, elle en aurait une peur, une peur! je la voir d'ici s'enfuir à toutes jambes. Maman, si vous vouliez me le permettre, je serais bien curieuse de voir la mine qu'elle ferait. Tenez, rien que deux pour elle, quand ce seraient les plus petites.

MADAME D'ALENÇAY. J'ai de la peine à t'accorder ce que tu me demandes.

CLÉMENTINE. Et pourquoi donc, maman, vous qui faites du bien à tant de monde? Je vous ai aussi demandé ce matin un peu d'argent pour acheter des bas et des souliers à Madelon, et vous m'avez refusée. Il faut que Madelon vous ait fâchée. Est-ce qu'elle aurait fait quelque dégât dans le jardin? Oh! je me charge de la gronder.

MADAME D'ALENÇAY. Non, ma chère Clémentine, Madelon ne m'a point fâchée. Mais veux-tu, par ta bienfaisance envers elle, faire son bonheur ou son malheur? ·

CLÉMENTINE. Son bonheur, maman. Dieu me garde de vouloir la rendre malheureuse!

MADAME D'ALENÇAY. Je voudrais aussi de tout mon cœur la voir plus fortunée, puisqu'elle a su mériter ton attachement. Mais est-il bien vrai, Clémentine, qu'elle mange son pain tout sec à déjeuner?

CLÉMENTINE. C'est bien vrai, maman. Je ne voudrais pas vous tromper.

MADAME D'ALENÇAY. Comment! elle s'en est contentée jusqu'à présent?

CLÉMENTINE. Mon Dieu, oui! Et quand ce serait de la frangipane, je ne la mangerais pas avec plus de plaisir qu'elle ne mange son pain bis.

MADAME D'ALENÇAY. Il me paraît qu'elle a bon appétit. Mais je ne puis me persuader qu'elle aille nu-pieds.

CLÉMENTINE. C'est toujours nu-pieds que je l'ai vue. Demandez au jardinier.

MADAME D'ALENÇAY. Elle se les met donc tout en sang lorsqu'elle marche sur le sable et sur les cailloux?

CLÉMENTINE. Point du tout. Elle court dans le jardin comme une biche; et elle dit en riant que le bon Dieu lui a cousu une paire de semelles sous les pieds.

MADAME D'ALENÇAY. Je sais que tu n'es pas menteuse; mais je t'avoue que j'ai bien de la peine à croire ce que tu me dis. Je voudrais bien voir les grimaces que ferait ma Clémentine en mangeant du pain bis tout sec, sans beurre ni confitures.

CLÉMENTINE. Oh! je sens qu'il me resterait au gosier.

MADAME D'ALENÇAY. Je ne serais pas mois curieuse de voir comment elle s'y prendrait pour aller nu-pieds.

CLÉMENTINE. Tenez, maman, ne vous fâchez pas; mais hier je voulus l'essayer. Etant dans le jardin, je tirai mes souliers et mes bas pour marcher pieds nus. Je les sentais tout meurtris, et cependant je continuai d'aller. Je rencontrai un tesson. Aye! cela me fit tant de mal que je retournai tout doucement reprendre ma chaussure, et je me promis bien de ne plus marcher les pieds nus. Ma pauvre Madelon! elle est cependant ainsi toute l'été.

MADAME D'ALENÇAY. Mais d'où vient donc que tu ne peux manger du pain sec ni aller nu-pieds comme elle?

CLÉMENTINE. C'est peut-être que je n'y suis pas accoutumée.

MADAME D'ALENÇAY. Mais si elle s'accoutume, comme toi, à manger des friandises et à être bien chaussée, et qu'ensuite le pain sec lui répugne, et qu'elle ne puisse plus aller nu-pieds sans se blesser, croiras-tu lui avoir rendu un grand service?

CLÉMENTINE. Non, maman; mais je veux faire en sorte que toute sa vie elle ne soit plus réduite à cet état.

MADAME D'ALENÇAY. Voilà un sentiment généreux : et tes épargnes te suffiront-elles pour cela?

CLÉMENTINE. Oui, bien, maman, si vous voulez y ajouter tant soit peu.

MADAME D'ALENÇAY. Tu sais que mon cœur ne se refuse jamais à secourir un malheureux, lorsque l'occasion s'en présente. Mais Madelon est-elle la seule enfant que tu connaisses dans le besoin?

CLÉMENTINE. J'en connais bien d'autres encore. Il y en a deux surtout, ici près dans le village, qui n'ont ni père ni mère.

MADAME D'ALENÇAY. Et qui, sans doute auraient bien besoin de secours?

CLÉMENTINE. Oh! oui, maman.

MADAME D'ALENÇAY. Mais si tu donnes tout à Madelon, si tu la nourris de biscuits et de confitures, en laissant les autres mourir de faim, y aura-t-il bien de la justice et de l'humanité dans cet arrangement?

CLÉMENTINE. De temps en temps je pourrai leur donner quelque chose; mais j'aime Madelon par-dessus tout.

MADAME D'ALENÇAY. Si tu venais à mourir, et que Madelon se fût accoutumée à avoir toutes ses aises...

CLÉMENTINE. Je suis bien sûre qu'elle pleurerait ma mort.

MADAME D'ALENÇAY. J'en suis persuadée. Mais la voilà qui retomberait dans l'indigence; il faudrait peut-être qu'elle fît des choses honteuses pour continuer de se bien nourrir et de se bien parer. Qui serait alors coupable de sa perte?

CLÉMENTINE, *tristement*. Moi, maman. Ainsi donc, il faut que je ne lui donne plus rien?

MADAME D'ALENÇAY. Ce n'est pas ma pensée. Je crois cependant que tu ferais bien de lui donner plus rarement de bons morceaux, et de lui faire plutôt le cadeau d'un bon vêtement.

CLÉMENTINE. J'y avais pensé. Je lui donnerai, si vous voulez, quelqu'une de mes robes.

MADAME D'ALENÇAY. J'imagine que ton fourreau de satin rose lui siérait à merveille, surtout sans chaussure.

CLÉMENTINE. Bon! tout le monde la montrerait au doigt Comment donc faire?

MADAME D'ALENÇAY. Si j'étais à ta place, j'économiserais

pendant quelque temps sur mes plaisirs ; et lorsque j'aurais ramassé un peu d'argent, je l'emploierais à lui acheter ce qu'elle aurait de plus nécessaire. L'étoffe dont les enfants des pauvres s'habillent n'est pas bien coûteuse.

Clémentine suivit le conseil de sa mère. Madelon vint la trouver plus rarement à l'heure de son déjeuner ; mais Clémentine lui faisait d'autres cadeaux plus utiles. Tantôt elle lui donnait un tablier, tantôt un cotillon, et elle payait ses mois d'école chez le magister du village pour qu'elle achevât de se perfectionner dans la lecture.

Madelon fut si touchée de ces bienfaits, qu'elle s'attacha de jour en jour plus tendrement à Clémentine. Elle venait souvent la trouver, et lui disait : Auriez-vous quelque commission à me donner ? pourrais-je faire quelque ouvrage pour vous ? Et lorsque Clémentine lui donnait l'occasion de lui rendre quelque léger service, il aurait fallu voir la joie avec laquelle Madelon s'empressait de l'obliger.

Elle s'était rendue un jour à la porte du jardin de Clémentine, pour attendre qu'elle y descendît, mais Clémentine n'y descendit point. Madelon y revint une seconde fois, mais elle ne vit point Clémentine. Elle y retourna deux jours de suite : Clémentine ne paraissait point.

La pauvre Madelon était désolée de ne plus voir sa bienfaitrice. Ah ! disait-elle, est-ce qu'elle ne m'aime plus ? Je l'aurai peut-être fâchée sans le vouloir. Au moins, si je savais en quoi, je lui en demanderais pardon. Je ne pourrais pas vivre sans l'ai...

La femme de chambre de madame d'Alençay sortit en ce moment. Madelon l'arrêta.

— Où donc est mamselle Clémentine? lui demanda-t-elle.

— Mademoiselle Clémentine? répondit la femme de chambre; elle n'a peut-être pas longtemps à vivre. Je la crois à toute extrémité. Elle a la petite vérole.

— O Dieu! s'écria Madelon, je ne veux pas qu'elle meure!

Elle court aussitôt vers l'escalier, monte à la chambre de madame d'Alençay : Madame, lui dit-elle, par pitié dites-moi où est mamselle Clémentine : je veux la voir. Madame d'Alençay voulut retenir Madelon; mais elle avait aperçu, par la porte entr'ouverte, le lit de Clémentine, et elle était déjà à son côté.

Clémentine était dans les agitations d'une fièvre violente. Elle était seule et bien triste; car toutes ses petites amies l'avaient abandonnée.

Madelon saisit sa main en pleurant, la serra dans les siennes, et lui dit : Ah! mon Dieu, comme vous voilà! Je resterai le jour et la nuit auprès de vous; je vous veillerai, je vous servirai; me le permettez-vous? Clémentine lui serra la main, et lui fit comprendre qu'elle lui ferait plaisir de demeurer auprès d'elle.

Voilà donc Madelon devenue, par le consentement de madame d'Alençay, la garde de Clémentine. Elle s'acquittait à merveille de son emploi. On lui avait dressé une couchette à côté du lit de la petite malade; elle était sans cesse auprès d'elle. A la moindre plainte que laissait échapper Clémentine, Madelon se levait pour lui demander ce qu'elle avait. Elle lui présentait elle-même les remèdes prescrits par le médecin. Tantôt elle allait cueillir du jonc pour faire, sous ses yeux, de petits paniers et de fort jolies corbeilles ; tantôt elle bouleversait toute la bibliothèque de madame d'Alençay pour lui trouver quelques estampes dans ses livres. Elle cherchait dans son imagination tout ce qui était capable d'amuser Clémentine et de la distraire de ses souffrances. Clémentine eut les yeux fermés de boutons pendant près de huit jours. Ce temps lui paraissait bien long ; mais Madelon lui faisait des histoires de tout le village : et comme elle avait bien su profiter de ses leçons, elle lui lisait tout ce qui pouvait la réjouir. Elle lui adressait aussi de temps en temps des consolations touchantes. Un peu de patience, lui disait-elle, le bon Dieu aura pitié de vous, comme vous avez eu pitié de moi. Elle pleurait à ces mots ; puis séchant aussitôt ses larmes : Voulez-vous, pour vous réjouir, que je vous chante une jolie chanson ? Clémentine n'avait qu'à faire un signe, et Madelon lui chantait toutes les chansons qu'elle avait apprises des petits bergers d'alentour. Le temps se passait de la sorte sans que Clémentine éprouvât trop d'ennui.

Enfin sa santé se rétablit peu à peu : ses yeux se rouvrirent, son accablement se dissipa, ses boutons séchèrent, et l'appétit lui revint.

Elle avait le visage encore tout couvert de rougeurs. Madelon semblait ne la regarder qu'avec plus de plaisir, en songeant au danger qu'elle avait couru de la perdre. Clémentine, de son côté, s'attendrissait aussi en la regarlant. Comment pourrais-je, lui disait-elle, te payer, selon mon cœur, de tout ce que tu as fait pour moi ? Elle demandait à sa maman de quelle manière elle pourrait récompenser sa tendre et fidèle gardienne. Madame d'Alençay, qui ne se possédait pas de joie de voir sa chère enfant rendue à la vie après une maladie si dangereuse, lui répondit : Laisse-moi faire, je me charge de nous acquitter l'une et l'autre envers elle.

Elle fit faire secrètement pour Madelon un habillement complet. Clémentine se chargea de le lui essayer le premier jour où il lui serait permis de descendre dans le jardin. Ce fut un jour de fête dans toute la maison. Madame d'Alençay et tous ses gens étaient enivrés d'allégresse du rétablissement de Clémentine. Clémentine était transportée du plaisir de pouvoir récompenser Madelon; et Madelon ne se possédait pas de joie de revoir Clémentine dans les lieux où avait commencé leur connaissance, et encore de se trouver toute habillée de neuf de la tête aux pieds.

LE PAIN ET L'EAU.

Désiré, qui avait pour père un riche propriétaire, déjeunait un matin dans une chambre basse donnant sur la rue. La maison de son père ne se ressentait sans doute pas de la disette qui régnait alors et de la cherté des vivres, car la table était chargée de mets de toute espèce.

Le pauvre Guillot, gardeur de moutons dans la monta-

gne, n'avait, lui, à manger que le quart du nécessaire;
étant venu ce jour-là à la ville, il vit Désiré à table, s'approcha de la fenêtre et lui demanda un petit morceau de
pain : — Va-t'en, répondit celui-ci, je n'ai pas de pain
pour toi.

Quelques mois s'écoulèrent, et, par une chaude journée
d'automne, Désiré était allé à la chasse dans la montagne;
il s'égara en poursuivant une pièce de gibier et arriva,
après une longue marche, dans un canton tout à fait
inhabité, où les passages étaient d'un accès fort difficile. Il
erra longtemps sous le brûlant soleil du midi, monta, descendit vingt fois, et se fatigua beaucoup; en outre, il était
affamé, mourant de soif. Il trouva bien dans sa carnassière
un morceau de pain pour satisfaire son appétit; mais
quand il eut mangé, sa soif devint plus ardente encore; il
n'avait rien pour l'apaiser. Dans ce moment, il aurait payé
un verre d'eau au poids de l'or.

Enfin il aperçut, sur une montagne voisine de l'endroit
où il était, un homme qui gardait des moutons. Il courut
vers lui pour lui demander à boire. O bonheur! en approchant, il vit que le berger avait une grande cruche pleine
d'eau; cette boisson lui semblait cent fois plus désirable
que les meilleurs vins, et il espérait bien qu'il allait s'en
régaler. Mais, hélas! quand il fut tout près il reconnut le
pauvre Guillot; il se hasarda cependant à lui demander un
verre d'eau.

— Allez-vous-en, lui répondit celui-ci, je n'ai pas d'eau
pour vous.

Vainement Désiré offrit-il de payer cette eau vingt sous

le verre, puis cent sous, puis vingt francs. Guillot refusa obstinément.

Désiré eut de nouveau recours aux prières, et le berger alors lui répondit :

— Je n'ai l'intention ni de vous refuser mon eau, ni de vous la vendre ; mais j'ai voulu vous faire voir combien il est dur d'être repoussé quand on souffre de la faim ou de la soif. Buvez donc tant que vous voudrez, et n'oubliez plus que les besoins des pauvres sont aussi impérieux que les vôtres.

Cette leçon fit apercevoir à Désiré toute la dureté de sa conduite passée ; il récompensa magnifiquement Guillot, et depuis se montra charitable envers tous les nécessiteux.

FIN.

TABLE

FIN DE LA TABLE.

Limoges. — Imp. EUGÈNE ARDANT et Cie.